La longue route de Little Charlie

CHRISTOPHER PAUL CURTIS

La longue route de Little Charlie

Traduit de l'anglais (États-Unis)
par Frédérique Pressmann

l'école des loisirs
11, rue de Sèvres, Paris 6e

Du même auteur à *l'école des loisirs*

Collection MÉDIUM POCHE

Voyage à Birmingham

Loi n° 49.956 du 16 juillet 1949 sur les publications destinées à la jeunesse : février 2021
Dépôt légal : février 2021
Imprimé en France

ISBN 978-2-211-30510-5

Aux Curtis – Habon, Ayaan, Ebyaan et Libaan –,
avec amour et respect.

« Un voyage digne de ce nom, c'est une longue route au fil de laquelle on ne sait pas ce qu'on va découvrir, ce qu'on va faire, ce qu'on va trouver, ni comment ces découvertes vont nous affecter. »

James Baldwin

Avant-propos

L'intrigue de ce roman se déroule aux États-Unis, au milieu du XIXe siècle. C'est une époque particulière ; quelques années plus tard, en 1861, débutera la guerre de Sécession entre le Nord et le Sud du pays, qui s'achèvera en 1865 avec la victoire du Nord. L'un des enjeux principaux de cette guerre civile est l'esclavage, aboli dans le Nord depuis plusieurs décennies et toujours en vigueur dans le Sud.

À cause de cette différence entre les deux parties du pays, de nombreux esclaves, hommes et femmes, fuient le Sud au cours de la première moitié du XIXe siècle pour se réfugier au Nord, où ils peuvent vivre libres. Mais, en 1850, une nouvelle loi, le *Fugitive Slave Act*, donne désormais aux propriétaires la possibilité de récupérer leurs anciens esclaves n'importe où, y compris dans les États libres du Nord. Toute personne noire devra prouver qu'elle n'est pas un ou une esclave en fuite, faute de quoi elle pourra être ramenée par la force dans les États du Sud.

Comme l'explique l'auteur de ce livre dans une postface à l'édition américaine, « l'esclavage a duré 245 ans aux États-

Unis parce qu'il y avait de fortes motivations économiques pour le maintenir en place. Les esclaves représentaient ce qu'il y avait de plus précieux dans cette économie, et la valeur d'un individu, en monnaie d'aujourd'hui, pouvait aller de 11 000 € pour un ouvrier agricole très jeune ou très vieux, à plus de 160 000 € pour un travailleur qualifié».

Les anciens esclaves réfugiés dans le Nord, représentant potentiellement beaucoup d'argent, n'y sont donc plus en sécurité, car n'importe quelle personne blanche peut désormais les capturer et les ramener de force dans le Sud pour les y revendre. Pour échapper à la menace, beaucoup vont donc se réfugier au Canada, dans l'Ontario, d'abord à Windsor, séparé de la ville américaine de Detroit par un simple fleuve, puis, quand ils n'y seront plus en sécurité, à Buxton, plus éloigné et moins facilement accessible.

C'est dans ce contexte et dans ces lieux que se déroule l'histoire que vous allez lire. Un contexte très dur, où des êtres humains étaient considérés par d'autres comme des marchandises, et où les Noirs étaient communément traités de «nègres» ou de «négros». C'étaient la langue et la réalité de l'époque, elles ont heureusement bien évolué depuis, même si la discrimination et l'inégalité de traitement entre les Blancs et les Noirs n'ont pas complètement disparu.

Frédérique Pressmann

Environs de Possum Moan, Caroline du Sud

Août 1858

La meilleure bestiole du monde

Des bestioles, j'en avais déjà vu plein, mais y en a qu'une qui m'a fait assez d'effet pour m'faire dire mon premier mot. Et d'après les seules personnes qu'ont assisté à la scène, j'ai pas arrêté d'le répéter, ce mot, pendant plus d'une demi-journée.

Assez en tout cas pour que Ma et Pa se demandent si j'étais pas tombé sur la tête et devenu un peu débile. Assez pour qu'ils s'mettent en quête de quèque chose à m'nouer autour d'la bouche pour m'faire taire.

J'sais pas ce qu'il avait, cet animal, pour m'faire cet effet-là, pasque, quand on l'compare à d'aut', l'est pas si pestaculaire que ça.

L'est loin d'être aussi fort qu'un ours; il peut pas abattre un gros costaud d'un seul coup d'patte.

L'est loin d'être aussi rusé et rapide qu'un chat; il sait pas chasser les souris ni attraper les oiseaux sans qu'on l'aide.

Et sa réputation est loin d'être aussi mauvaise que celle du serpent; d'ailleurs, on en cause pas autant dans la Bible.

Toutes ces bestioles et plein d'aut' encore, j'les avais déjà vues, mais c'est seulement quand Pa a placé un chiot à côté d'moi dans la cour que j'ai dit : « Chien ! »

J'crois bien que j'me suis pas arrêté là ; y paraît que j'ai crié : « Chien ! Chien ! Chien ! Chien ! Chien ! Chien ! Chien ! Chien ! »

Papa m'a dit :

– Jusque-là, z'étiez pareils, le chiot et toi, maussades et renfrognés. Mais quand on vous a mis l'un à côté de l'aut'... doux Jésus, on aurait dit qu'on avait mis l'feu aux poudres ! Z'avez fait des bruits qu'vous aviez jamais fait auparavant, en vous roulant dans la poussière et en riant. Et puis d'un coup, comme si qu'vous vous êtiez mis d'accord, vous avez filé dans les bois.

Ce qui était bizarre, d'après Ma et Pa, pasque je savais à peine ramper.

Ma m'a raconté :

– On s'faisait un sang d'encre pour toi, Charlie. Si chaque personne qui m'demandait si t'étais pas un peu demeuré m'avait donné un cent, j'serais plus riche aujourd'hui que George Washington ! J'sais pas combien de fois j'ai dû dire aux gens que t'étais encore qu'un bébé, pas un gamin d'cinq ou six ans, et que c'est pour ça qu'tu causais pas encore.

Moi, j'me dis qu'la vraie raison, c'est que j'avais encore jamais rien vu qui mérite d'ouvrir la bouche, et pas grand-chose non plus qui mérite de s'lever pour lui courir derrière, jusqu'à ce que j'rencontre Pinky.

Ma dit que quand elle m'a vu courir derrière le chiot, ça lui a rappelé une machine qu'elle avait vue dans une foire à Charleston quand elle était gamine.

– Un automate, qu'on appelait ça. Moitié montre à gousset, moitié boîte en fer-blanc et moitié p'tit garçon, et c'était aussi raide et bancal que toi quand tu t'es mis à courir après l'chiot, Charlie.

J'me souviens pas de c'que j'ai dit ce jour-là, mais l'image de cette p'tite boule de fourrure qui gigotait dans tous les sens avec sa p'tite langue toute rose, c'est quèque chose que j'vais garder en tête pour le restant d'mes jours. Et pourtant, des choses en tête, j'en ai pas mal.

Quand on travaille aux champs avec Ma et que la journée s'fait longue, j'ai appris à penser à tout un tas d'histoires pour pas devenir idiot. J'ai vu ce qu'est arrivé à Ma à force de biner, de bêcher et d'arracher les herbes sans penser à rien. J'ai vu qu'à force de travailler sans réfléchir quand on est aux champs, ça devient une mauvaise habitude, et après on continue à pas réfléchir quand on est ailleurs aussi.

On voit pas les choses pareil, elle et moi.

Elle dit que, pour supporter le travail des champs, il faut qu'sa tête soit calme et tranquille comme la surface d'une mare. Moi, j'veux qu'elle soit comme une rivière avec une grande cascade. Faut qu'je pense à quèque chose ou bien j'ai la tête qu'explose.

C'est comme ça que j'ai compris pourquoi j'aimais autant les chiens ; maintenant que j'suis grand et que j'ai vu plein d'aut' bestioles, j'crois bien que c'est à cause de leurs yeux.

La première fois qu'on s'est vus, avec Pinky, on pouvait pas parler ni lui ni moi, mais on s'est bien regardés et chacun a vu quèque chose dans l'regard de l'aut'. En regardant dans les yeux du chiot, j'ai eu l'impression d'me voir ! Pareil que si c'était des miroirs ou des gobelets en argent bien polis. Et c'est pas seulement mon reflet que j'y ai vu, mais aussi quèque chose qui disait : « Cette bestiole-là, elle te connaît. »

Et j'sais qu'en regardant dans mes yeux elle a vu la même chose.

Ç'a pas duré plus d'une demi-seconde, mais c'est à cause de c'regard qu'on s'est mis à cavaler et à faire les fous. Et ce genre d'regard, je l'ai jamais retrouvé depuis chez aucun aut' animal.

Chez aucun aut' animal et chez pas beaucoup d'gens non plus.

Stanky, qu'était la fille de Pinky, avait mis bas six chiots, tous vivants. Quand ils ont eu zactement quarante-neuf jours, Pa m'a dit qu'il fallait qu'on aille voir si y avait un chien d'chasse dans l'tas.

Pa m'a espliqué :

– Un bon chien, c'est comme une bonne personne ; ils naissent comme ça, ils l'deviennent pas. On a jamais fabriqué de sac en soie avec du cuir de vache.

Les chiots gigotaient dans tous les sens et s'grimpaient dessus, c'était quèque chose ; ils mordaient tout ce qu'ils trouvaient à s'mettre sous la dent et s'en fichaient pas mal que ce soit un frère, une sœur ou leur propre peau. Du moment que c'était d'la viande de chien dans laquelle ils pouvaient planter leurs p'tits crocs pointus comme des aiguilles.

Toutes ces singeries me paraissaient ridicules. J'ai demandé à Pa :

– Comment qu'on va savoir si y a un chien de chasse dans le lot quand ils font rien qu'à faire les fous ?

– Y a plusieurs manières de faire.

Pa a sorti une caisse en bois du cabanon et l'a posée par terre, dans la forêt. Puis on a mis les chiots dans la caisse. Ils étaient encore si p'tits qu'ils occupaient qu'un coin d'la caisse.

– J'ai dans l'idée que c'est la noire avec la tache blanche sur la queue. On verra bien si j'ai l'œil.

J'pouvais pas l'dire à Pa, mais celle-là, c'était Noiraude.

Quand les chiots étaient nés, Pa s'était mis en colère en voyant que j'leur donnais des noms. J'sais pas pourquoi, il m'avait dit d'arrêter. J'leur ai quand même donné un nom mais sans rien dire à personne.

– Regarde-les bien et dis-moi c'que tu vois.

Pa est retourné dans l'cabanon et il en est ressorti avec quatre balles et son fusil. Il le range sous l'plancher, emballé dans un beau morceau d'rideau violet avec une frange de glands dorés.

Ce rideau, l'est connu dans toute la Caroline du Sud. C'est pas n'importe quoi, pasque Ma l'a acheté à une femme qu'est la cousine de George Washington. La femme lui a dit que George avait offert toute une parure de rideaux comme ça à sa femme, Martha, pour son anniversaire, et que Martha s'était mise en colère en disant que George lui offrait un truc à cinq cents dollars alors qu'il avait l'habitude de dépenser des cinq mille pour elle. Elle pouvait pas supporter d'avoir quèque chose de si vulgaire chez elle et elle avait revendu les rideaux à la cousine de George pour trois fois rien.

Ma m'a dit qu'le fait de rencontrer cette femme, c'était l'signe que la chance commençait à tourner. Dans la vie, qu'elle dit, y a des périodes de chance, suivies de périodes de malchance, suivies de périodes de poisse, suivies de périodes de guigne, suivies de périodes de malchance spéciale des Bobo.

Pa a plongé la main dans la caisse et a ressorti l'premier chiot, c'était Noiraude. Il l'a mise sur le dos et a posé sa main sur son ventre.

D'abord, elle a gigoté, puis elle s'est arrêtée. Pa continuait à la tenir. Après un moment, elle a commencé à s'agiter pour s'dégager, l'a même mordu.

Pa a secoué la tête en souriant. Puis l'a fait pareil avec tous les aut'.

Y en avait qui s'débattaient comme de beaux diables dès qu'on les mettait sur l'dos, d'autres qu'attendaient d'voir ce qui s'passait. Frisé et Nippy ont fait comme Noiraude.

Pa les a remis dans la caisse et a déballé le fusil. Il a mis quatre balles dedans et a pointé son arme vers le ciel.

J'ai posé mes mains sur mes oreilles. Pa a appuyé sur la détente et la forêt a tremblé. Moi et les six chiots pareil, on a sursauté.

Pa a attendu une seconde, puis il a tiré les trois autres coups vite vite.

Sauge, Tonnerre et Squalane ont sursauté à chaque coup et se sont blottis dans un coin d'la caisse en geignant.

Noiraude, Frisé et Nippy, c'était différent. Après l'premier coup, ils s'sont assis sur leur derrière, les pattes bien droites, le poitrail sorti et les yeux brillants, ils quittaient pas l'fusil du regard. Z'avaient les oreilles dressées, et au lieu d'avoir peur du bruit on aurait dit qu'ils en redemandaient. C'était les mêmes qu'étaient restés tranquilles au début quand Pa les avait mis sur l'dos mais qu'en avaient vite eu marre et qui s'étaient débattus.

Noiraude faisait même un p'tit bruit, comme si qu'elle voulait aboyer mais savait pas si elle avait l'droit.

J'ai calmé les chiots qu'avaient peur. J'voulais pas qu'Pa sache que j'lui avais désobéi, alors j'ai pas dit leurs noms, juste : « Ça y est, ça y est, p'tit gars » et : « Du calme, ma fille ».

Pa s'est mis à rire et il a crié :

– Nom d'une pipe en bois ! Cette vieille chienne nous a donné trois chiens d'chasse ! Écoute, mon gars, l'dis pas à ta mère, mais dès qui seront grands et bien dressés, elle aura droit à une robe de chez l'marchand. Et toi, t'auras une paire de chaussures neuves. Trois chiens d'chasse d'un coup ! On en gardera un, c'est toi qui décides lequel.

J'ai pas hésité une seconde.

– Celle qu'a la tache sur la queue.

Pa s'est douté d'rien.

– Je l'appellerai Noiraude, j'ai ajouté.

Ce qui était logique, vu que c'était son nom.

Pa a caressé l'encolure de Stanky. « Sacré nom d'une chienne », qu'il a dit.

Le lendemain, en rentrant des champs avec Ma à la nuit

tombée, j'suis allé m'laver à la pompe. Dès qu'elle m'a vu, Stanky a fait quèque chose de pas normal. Elle a commencé à m'tourner dans les pattes en geignant, comme si c'était un chat.

Je l'ai repoussée deux fois, et à la troisième j'allais lui filer une torgnole quand j'ai vu qu'elle avait l'air tout drôle alors j'me suis retenu.

J'ai sitôt pensé qu'un chiot devait être malade ou peut-être mort. Sans même me sécher, j'suis passé derrière la cabine pour voir c'qui la rendait si bizarre.

J'ai regardé dans la caisse et j'en ai pas cru mes yeux. Noiraude, Frisé et Nippy ont sauté pour m'dire bonjour. Sauge, Tonnerre et Squalane, eux, z'avaient disparu.

J'ai sifflé dans les bois pour les appeler mais y a aucun qu'a répondu.

– Où c'est qu'ils sont, Stanky ?

Elle me regardait d'un air triste en geignant et en reniflant la caisse.

J'ai raconté ça à Ma. Elle m'a jeté un p'tit coup d'œil en biais, puis elle a dit :

– Z'ont dû s'enfuir, Charlie. Ou p'têt qu'ils étaient malades et que Stanky les a emmenés dans les bois pour laisser la nature faire son travail. J'en sais rien, mon garçon, mais j'ai d'autres chats à fouetter. Faut que j'te prépare quèque chose à manger pour ce soir.

Et même si j'avais ma p'tite idée sur ce qui avait pu arriver aux trois chiots qui sursautaient à chaque coup d'fusil, tous les jours en m'levant, pendant les deux semaines qu'ont suivi, j'suis allé dans les bois derrière la maison pour les appeler.

La preuve que j'suis bien un Bobo et que j'ai pas une once de chance : y sont jamais revenus.

Le temps nous joue des tours

Le temps, il avance pas pareil quand quèque chose arrive que vous attendiez pas. Y a des fois où on dirait que l'temps s'met à glisser à toute vitesse sur des rails de locomotive bien huilés. Et d'autres, au contraire, où il s'met à ralentir, comme s'il était pris dans un grand pot d'mélasse invisible.

Le problème, c'est que j'arrive jamais à savoir qu'est-ce qui va l'faire avancer plus vite ou qu'est-ce qui va l'faire ralentir.

Par exemple, avant d'voir c'qui est arrivé à Pa, j'aurais jamais cru que l'temps pouvait ralentir autant. C'était une chose tellement horrible que j'aurais donné n'importe quoi pour que ça aille plus vite ou, encore mieux, pour pas voir ça. Même si ça m'fait honte de l'dire pasqu'on va croire que j'ai pas d'cœur, j'aurais préféré découvrir mon père déjà tout raide au pied du vieil érable, avec cette grande balafre qui lui faisait comme un deuxième sourire au front, plutôt que d'assister à la chose.

Sûr que si j'avais pas eu le malheur d'voir de mes propres yeux c'qui s'est passé, j'aurais jamais pu deviner comment mon père s'était retrouvé allongé de tout son long, mais je préférerais encore ne rien savoir du tout plutôt que d'voir cette image débouler à tout bout d'champ dans mes rêves.

Mais je l'ai vu, et dé-voir quèque chose c'est comme dé-sonner une cloche, c'est pas chose possible, on peut pas faire marche arrière. Z'avez beau vouloir vous débarrasser du souvenir, rien ne sert de s'battre contre lui ; vous feriez mieux d'vous fabriquer une sacoche esprès pour lui pasque ce souvenir l'est à vous et que vous allez vous l'trimballer tout au long d'vot' vie.

J'me souviens des minutes qu'ont suivi la chute de Pa, comme si j'regardais une scène en train d'arriver à quèqu'un d'autre. Comme si j'voyais un autre garçon à ma place qui ramassait son père et qu'allait vers Spangler avec son père dans les bras.

J'me souviens d'avoir pensé tout d'suite que l'garçon allait pas pouvoir mettre Pa sur Spangler tant qu'y aurait sa selle sur l'dos.

J'me souviens d'avoir vu ce garçon qu'était moi poser Pa par terre, tout doucement, et que les yeux de Pa se sont ouverts. J'me souviens que l'garçon a refermé les yeux de Pa et a retiré la selle qu'il a cachée dans un arbre pour que personne la trouve avant qu'il revienne.

J'me souviens d'avoir vu l'garçon ramasser mon père par terre et l'installer sur le dos de Spangler, près de l'encolure, avec sa tête et ses bras qui pendaient à droite et ses jambes à gauche.

J'me souviens d'avoir vu le garçon monter sur le dos de Spangler en faisant attention à pas faire de mal à Pa en passant sa jambe.

J'me souviens que le garçon a trouvé la bonne allure pour pas chahuter trop Pa tout en allant le plus vite possible.

J'me souviens de Stanky qui chouinait tout le long du chemin jusque chez l'docteur et qui sautait pour lécher la main de Pa qui pendait toute molle sur le ventre de Spangler.

J'me souviens d'avoir été soulagé quand l'garçon est arrivé chez l'docteur et l'a trouvé chez lui.

J'me souviens d'avoir vu l'garçon soulever Pa et l'prendre dans ses bras pour l'porter chez l'docteur en le berçant comme un bébé.

J'me souviens du docteur qu'a fait venir Petey le simplet et Josh Bowen pour qu'ils l'aident à porter Pa.

Et puis j'me souviens de m'être assis sur le canapé du docteur, avec tout l'poids du monde sur mes épaules. Peu d'temps après, le shérif a débarqué, il voulait que j'y esplique comment que Pa avait été blessé.

En revenant de chez l'docteur, j'me suis demandé comment que j'allais raconter ça à Ma, mais j'pouvais pas y penser plus d'une seconde ou deux d'affilée pasqu'après j'avais envie d'éclater en sanglots.

Y avait plus qu'à attendre d'la voir en espérant que j'saurais trouver les mots qui, de toute façon, allaient la tuer, c'est sûr.

Not' baraque était vide. Malgré qu'on soit dimanche, Ma devait être aux champs pour prendre un peu d'avance sur l'désherbage. On s'est mis en route avec Stanky vers l'endroit ousqu'on s'était arrêtés de travailler la veille au soir.

Elle m'a vu arriver à plus d'un kilomètre de distance et

a agité les bras au-dessus d'la tête, deux fois, avant d'se remettre à désherber.

Après un temps, elle s'est arrêtée en plein élan et s'est retournée pour m'regarder. Puis elle s'est redressée, a mis sa main droite en visière pour mieux voir, a balancé son râteau sur l'côté et s'est mise à courir vers moi.

J'sais pas comment qu'elle a su qu'y avait un problème, et un gros. Mais elle l'a su.

À une cinquantaine de mètres environ, elle s'est mise à crier :

– Non, Charlie ! Qu'est-ce qui s'est passé ? Ousqu'il est ?

Stanky a couru vers Ma et lui a sauté dessus, mais Ma lui a collé une beigne pour l'écarter.

Puis elle est arrivée vers moi et s'est mise à me cogner dessus des deux mains à la fois.

– Qu'est-ce que j'vais bien pouvoir faire, maintenant, hein ? Qu'est-ce que j'vais bien pouvoir faire ?

Stanky tirait sur la robe de Ma pour essayer de l'éloigner d'moi.

J'étais figé. Ma continuait à m'filer des beignes comme si c'était moi qu'étais responsable. J'ai même pas levé les bras pour me protéger.

– Qu'est-ce tu veux qu'je fasse, maintenant ? J'ferais mieux d'me laisser crever !

J'ai voulu la prendre dans mes bras et la serrer contre moi mais ç'a rien fait qu'à l'énerver davantage. Au lieu d'me filer des claques dans les côtes, elle s'est mise à m'allonger des crochets et des directs sur le crâne.

Ma est du genre costaude, comme Pa et comme moi. Pa dit toujours: «Ta mère, c'est pas une p'tite fleur délicate!» Après un ou deux coups dans ce goût-là, j'ai commencé à m'sentir tout drôle et à flageoler sur mes guibolles.

Stanky en a eu marre des bêtises de Ma, elle a lâché sa robe pour s'glisser entre nous, en grognant et en montrant les dents.

Ma a pris son élan comme pour m'envoyer un direct dans l'nez. Avant que l'coup parte, Stanky a fait un bond et a attrapé le poignet de Ma dans sa gueule, aussi délicatement qu'elle a pu, et elle l'a forcée à baisser l'bras.

Ma a voulu s'débarrasser d'elle mais Stanky s'laissait pas faire; elle la mordait de plus belle, jusqu'à ce que Ma ait pas d'autre choix que d'arrêter d'me filer des coups et d'commencer à s'intéresser à la chienne qu'était pas loin d'la faire saigner ou d'lui briser un os.

Alors, Ma s'est laissée tomber par terre, roulée en boule, et Stanky s'est mise à remuer son derrière et à agiter la queue comme font les chiens chaque fois qu'ils ont fait une bêtise et qu'ils veulent s'faire pardonner. Puis, elle lui a léché le visage et voulait pas s'arrêter, malgré que Ma essayait d'la chasser. Finalement, Ma a abandonné la partie et a pleuré toutes les larmes de son corps tandis que Stanky lui léchait la poire.

Moi, j'suis resté planté à côté d'elles, les bras ballants, les mains pendantes comme deux gros sacs vides qui servaient à rien.

– Encore heureux que t'es assez grand pour t'débrouiller tout seul, a fini par dire Ma.

J'ai froncé les sourcils et failli répondre: « C'est pas vrai », mais j'me suis ravisé.

Et là j'ai compris que j'allais devoir m'mettre à réfléchir sérieusement sur la vie pasque les choses pouvaient pas vraiment tourner pire, avec Pa raide mort sur la table du docteur et tout not' monde qui s'écroulait sous nos yeux.

Pris au piège !

On avait perdu l'fil des jours et des semaines. La seule chose qui nous permettait de pas devenir complètement dingues, avec Ma, c'était l'travail des champs. Alors que tout changeait sans qu'on y comprenne rien, l'travail des champs, lui, avait pas bougé et c'était bien la seule chose sur laquelle on pouvait compter.

On aurait dit l'monde à l'envers. Au lieu d'attendre que l'jour se termine, comme d'habitude, j'priais pour que l'soleil reste planté au beau milieu du ciel en plein midi, pasque les champs, c'était l'seul endroit où j'pensais pas au malheur qui nous était arrivé.

J'sais pas zactement combien d'temps avait passé depuis l'accident quand un jour on a frappé à la porte. En allant ouvrir, j'ai eu la surprise de tomber nez à nez avec l'shérif Jackson.

– Bonjour, shérif.

– Bonjour, Little Charlie.

Il m'a examiné de pied en cap.

– J'ai remarqué l'autre jour que t'avais drôlement grandi, mon garçon.

– Oui, m'sieur.

Il m'a attrapé le bras et s'est mis à siffler.

– T'es plus costaud qu'la plupart des hommes que j'connais, tu sais ?

– J'crois pas, m'sieur.

– Avec des bras comme les tiens, j'parie que tu pourrais abattre un p'tit arbre d'un seul coup d'patte.

– J'sais pas, m'sieur, j'ai jamais essayé.

– Ouais, d'un seul coup d'patte, j'parie.

La plupart du temps, quand quèqu'un m'dit que j'suis devenu grand et costaud, j'dois faire un effort pour pas sourire ni devenir tout rouge, pasque c'est l'genre de truc qui gâcherait complètement l'tableau et montrerait que j'suis encore rien qu'un gosse. Mais y avait quèque chose de différent dans les questions que m'posait l'shérif qui m'donnait pas vraiment envie d'sourire ni d'rougir.

– Little Charlie, a dit l'shérif, j'espère que ça t'embête pas d'venir avec moi pour m'montrer l'endroit où qu'il est arrivé malheur à ton père.

La boule que j'sentais pointer dans mon ventre depuis un p'tit moment s'est faite plus dure.

Pa et moi, on avait fait des kilomètres à cheval avant d'repérer l'érable qui serait parfait, avait dit Pa, pour terminer l'meuble qu'on construisait depuis des mois pour m'sieur Dalton. D'un coup, j'ai compris : on était allés tellement loin que l'arbre choisi par Pa devait s'trouver sur la plantation des Tanner !

– M'sieur l'shérif ! J'vous jure sur la tête de ma mère qu'on voulait voler l'bois d'personne ! Pa aurait jamais rien fait pour fâcher m'sieur Tanner. On a vu comment qu'il fait fouetter les gens qui braconnent sur ses terres. Pa aurait jamais rien fait pour l'mettre en colère.

C'était la vérité toute crachée. Pa avait passé un sale quart d'heure chez les Tanner le jour où on avait tous été obligés d'y aller pour voir quèqu'un s'faire fouetter. Dans tous les environs, on nous avait fait savoir qu'il fallait qu'on s'rende là-bas pour voir leur contremaître, Captain Buck, écorcher l'derrière d'un pauvre gars du coin qu'avait soi-disant chassé un cerf ou un faisan qui leur appartenait, ou pêché dans l'ruisseau qui traversait leurs terres.

Pa avait dit aussi que Captain Buck avait beau être terrible avec les fermiers blancs qui habitaient près d'la plantation, l'était encore pire avec les esclaves qui osaient lui résister.

Le shérif m'a repris par le bras.

– S'agit pas d'voler du bois, mon garçon. Tu ferais mieux d'venir avec nous.

Nous ?

Je l'ai suivi dehors et là j'ai vu cinq hommes à cheval qui m'attendaient. Petey le simplet était avec eux, il tenait les rênes d'une vieille mule sans cavalier.

Z'étaient venus pour m'arrêter. Ils payaient pas d'mine mais c'était tout à fait l'genre de bande que réunit un shérif pour aller arrêter quèqu'un. Si vous en avez déjà vu, vous les reconnaissez au premier coup d'œil.

– J'peux aller chercher Spangler et l'monter, m'sieur.

– Écoute, Little Charlie, m'a dit l'shérif, si ça t'embête pas, monte plutôt sur la mule que tient Petey.

C'était bien cette histoire de bois volé, ça faisait plus l'ombre d'un doute ! Sinon, pourquoi qu'il aurait réuni toute une bande pour venir m'chercher ? Pourquoi qu'il m'aurait donné un vieux canasson pour m'interdire de m'échapper ?

Mes jambes sont devenues toute raides. Et si la punition, quand on volait du bois, c'était pas l'fouet ? Et si c'était la corde ?

J'ai regardé autour de moi pour voir par où m'enfuir mais y avait pas moyen. Le shérif était plus malin qu'il en avait l'air. J'étais tombé dans son piège.

Dans la bande qu'il avait rassemblée, y avait lui et un autre homme devant, Petey et moi côte à côte au milieu, et les deux autres hommes qui fermaient la marche.

Petey m'a même pas jeté un regard quand j'suis monté sur mon cheval. On s'était disputés quèque temps avant et l'était encore fâché.

J'ai tiré sur les rênes qu'il tenait en main mais il les a reprises d'un coup sec en criant :

– Shérif Jackson, il essaye de s'échapper ! Pourquoi qu'vous voulez pas lui coller une balle tout d'suite ?

– L'a rien fait du tout, a répondu l'shérif. Tu t'souviens de ce que j'ai dit, Petey ? On a tous une tâche ici, et la tienne c'est d'tenir les rênes, c'est tout.

Petey avait l'air vraiment déçu. Il s'est mis à chouiner de sa p'tite voix geignarde :

– Pourquoi que j'peux pas lui tirer une balle dans l'pied et comme ça on serait sûrs qu'il va pas s'échapper ?

Le shérif est redescendu d'cheval et est allé vers lui.

– Dis donc, Petey Timmons, me dis pas que t'as un flingue sur toi, quand même ? J'ai dit à ta mère que tu pouvais venir avec nous à condition de pas prendre d'arme.

Petey a glissé la main dans sa veste et en a ressorti un vieux six-coups. Il l'a passé au shérif. Y avait qu'la poignée en bois qu'était pas rouillée.

– Pardon, shérif. Le dites pas à Ma, elle sait pas que je l'ai pris. Elle sait même pas que je l'ai !

Le shérif a bien regardé le revolver, il a vu qu'il était vide et que la gâchette était tellement rouillée qu'elle bronchait pas. Il a rendu à Petey son bout d'ferraille et a dit, en m'faisant un clin d'œil :

– Écoute-moi bien, Petey. Si jamais Little Charlie fait mine de s'échapper, tu dois m'promettre que tu lui balanceras ce six-coups de toutes tes forces !

Ç'a fait glousser les autres et Petey s'est mis à rire avec eux, sans comprendre qu'on s'moquait d'lui.

J'leur ai montré de quel côté fallait partir.

Durant les six kilomètres qu'on a chevauché à travers bois, j'ai pas arrêté une seconde d'penser à la corde qu'on glisse au cou des pendus. Toutes les histoires de pendaison que j'connaissais repassaient dans ma tête. Y compris celle de Jesse Huddleston que m'sieur Tanner avait obligé tout le monde à venir regarder.

Au bout d'un moment, le shérif m'a demandé :

– T'es sûr qu'on est sur l'bon chemin, mon garçon ?

– C'est pas loin d'ici, m'sieur. Pas vrai qu'on peut pas

nous en vouloir d'pas savoir qu'la plantation de m'sieur Tanner arrive jusqu'ici ?

– Écoute, Little Charlie, je t'ai déjà dit qu'on était pas là pour une histoire de vol de bois. D'ailleurs, pour ce que j'en sais, on est en terre indienne ici. Alors boucle-la.

Le soulagement que j'ai senti dans mon cœur a pas duré plus d'une seconde ou deux, pasque si c'était vrai c'que disait le shérif, pourquoi que j'me retrouvais ici entouré d'une bande d'hommes armés ?

J'ai repéré l'érable à une centaine de mètres. J'ai avalé ma salive.

– C'est là que c'est arrivé, shérif Jackson.

À ces mots, not' bande qui s'traînait et qu'avait l'air de plus en plus avachie depuis quèques kilomètres a soudain repris du poil de la bête.

Les deux hommes qui fermaient la marche se sont redressés et m'ont regardé d'un œil dur. Petey a attrapé son revolver par le barillet et m'a menacé avec comme si c'était une hache et qu'il voulait m'couper en deux.

On est arrivés au pied de l'arbre et mes yeux se sont remplis d'larmes. On voyait encore l'sang de Pa sur le sol, là où qu'il était tombé.

Le shérif s'est retourné sur sa selle et m'a dit :

– O.K., Little Charlie, raconte-moi donc encore une fois c'qu'est arrivé à ton père.

J'ai commencé à m'dire que la réputation du shérif était un peu exagérée. Les gens disent que c'est un brave homme, honnête et plutôt intelligent, mais moi, j'commençais à l'trouver plutôt lent d'esprit. C'était au moins la troisième fois qu'il m'demandait d'lui raconter ce qu'était arrivé à Pa.

J'y ai redit d'un ton vraiment patient :

– Pa a décidé que cet arbre était l'bon. L'a pris la grande hache et m'a envoyé chercher les scies qu'étaient attachées sur l'dos d'Spangler. J'me suis retourné en chemin pour voir comment qu'il allait s'y prendre pour planter sa hache et jusqu'où il l'enfoncerait du premier coup.

Ma dit que voir Pa manier la hache, ça fait partie des choses qui font qu'la vie vaut d'être vécue. Elle dit qu'elle l'aurait p'têt' jamais épousé si elle l'avait pas vu débiter des troncs d'arbre dans les bois. Et que l'jour où elle a senti la terre trembler sous ses coups, elle s'est dit qu'elle avait pas d'autre choix que de s'marier avec lui. Ce qui est un peu bizarre comme raison mais, ma foi, les grandes personnes sont comme ça.

– Pa a soulevé sa hache, il a fait glisser sa main droite le long du manche, l'a balancée deux fois pour prendre de l'élan, et puis il a frappé un coup tellement fort qu'il aurait pu envoyer l'arbre balader dans l'champ du voisin.

C'est là que l'temps s'était mis à ralentir, tellement que j'avais bien été obligé de remarquer tous les détails.

– Pa a fait tournoyer la hache, le soleil s'est pris dedans si bien que je voyais plus qu'un éclair d'argent. Et là…

J'arrivais plus à respirer.

– Vas-y mon garçon, a dit l'shérif.

– Et là, la hache a frappé l'arbre et au lieu d'faire le bon gros bruit qu'elle fait toujours d'habitude, elle a fait un son drôle, on s'serait cru d'un coup chez l'ferronnier quand il tape sur son enclume. Et l'arbre a fait un truc encore plus bizarre : Pa l'a frappé si fort qu'il s'est mis à siffler et à envoyer une pelote d'étincelles, on aurait dit qu'il allait prendre feu !

Le shérif, qui écoutait en secouant la tête, m'a arrêté d'un coup :

– Attends voir, Little Charlie, attends voir un peu ! V'là une des choses qui tiennent pas debout dans ton histoire. J'dis pas que tu mens, mais enfin, comment tu veux qu'un arbre envoie des étincelles, nom d'une pipe ?

– J'sais pas, m'sieur, mais c'est ce qui s'est passé. Puis le manche de la hache s'est mis à craquer et à s'fendre en longues échardes, Pa a hurlé et a lâché le manche d'un coup comme si c'était devenu des charbons ardents.

J'avais jamais entendu mon père crier d'douleur jusque-là. Même le jour où l'docteur lui avait scié le p'tit orteil et çui d'à côté sans l'endormir du tout, il avait pas bronché.

J'ai senti les larmes qui m'montaient aux yeux, mais l'était pas question que l'demeuré et les autres, là, me voient pleurer. Alors j'ai respiré un bon coup et fait semblant de tousser.

– Et là, m'sieur, le fer de la hache a rebondi sur l'tronc comme un caillou qui fait des ricochets et l'est revenu frapper Pa en pleine tête avec un bruit atroce. Et puis l'a fait un vol plané dans les bois.

– C'est important qu'on retrouve le fer, mon garçon, a dit le shérif. Par où qu'il est parti ?

– J'ai pas vu où qu'il allait, m'sieur. Tout ce que j'ai vu, c'est que Pa est devenu tout raide comme un soldat qui s'met au garde-à-vous. L'est resté comme ça un moment et puis il est tombé à la renverse comme un vieux chêne centenaire qui s'écroule. Il est tombé tout droit, on aurait dit qu'il avait les pieds cloués au sol.

– Et puis ?

– Et puis c'est tout, m'sieur. J'ai mis Pa sur le dos d'Spangler et j'suis revenu aussi vite que j'pouvais à Possum…

– Là ! (L'shérif m'a encore coupé la parole.) Encore une chose qui pose question, mon garçon. T'as bien dit que t'étais seul avec ton père, non ?

– Oui, m'sieur.

– Ta mère et toi, z'avez pas fait en sorte qu'y ait quèqu'un caché dans les bois ?

– De quoi ? Caché dans les bois ? Non, m'sieur. Pourquoi qu'on aurait… ?

– Alors esplique-moi une chose, Little Charlie Bobo. Grand Charlie, paix à son âme, faisait pas loin d'deux mètres et devait bien peser dans les cent cinquante kilos. Y a pas d'doute que t'es un grand gaillard pour ton âge, mais les gens z'ont quand même du mal à comprendre comment qu'un gamin de douze ans a pu soulever une charge pareille à lui tout seul. Surtout de l'soulever assez haut pour l'poser sur le dos du cheval, tu vois ce que j'veux dire ? Faut au moins deux hommes pour faire ça. Deux grands hommes bien costauds.

J'avais jamais pensé à ça.

– J'peux pas vous dire, m'sieur. Tout ce que j'sais, c'est que quand j'ai entendu Pa crier comme ça, et puis que je l'ai vu par terre, tout raide et les yeux au ciel, j'ai pris tellement peur que j'aurais fait n'importe quoi pour l'aider, m'sieur. Alors j'me suis penché et je l'ai soulevé. L'était pas lourd du tout. Même que, si Spangler avait pas été là, j'aurais pu revenir en courant avec Pa à bout d'bras.

Le shérif s'est tourné vers les trois hommes et Petey.

– Vous aut', descendez d'cheval et allez voir si vous m'retrouvez ce fer.

Il s'est retourné vers moi. Cette fois-ci, l'avait l'air moins fâché.

– Faut qu'tu comprennes, mon garçon, pourquoi qu'on s'pose des questions sur ce qui s'est passé. Y a pas eu d'témoin et... bon... pour dire les choses comme elles sont... on raconte que ton père avait mis la main sur un paquet d'argent et qu'il s'apprêtait à partir pour Cincinnati avec...

Le shérif avait l'air tout chose.

– Avec quèqu'un d'aut' que ta mère. T'as jamais entendu parler d'ça, dis-moi ?

Si Spangler s'était vu pousser des ailes et qu'il était allé chasser les souris sous l'trône de la reine d'Angleterre, j'aurais pas été plus étonné. Y paraît que Pa devait partir à Cin-cin-na-quoi ?

Le shérif a bien vu que ses paroles m'avaient tout tourneboulé.

– Y paraît aussi que ton père et ta mère s'étaient disputés et même battus dans la boutique des Tanner quèques semaines auparavant. Pourquoi donc que ta mère était tellement en colère ?

Ça, c'était vrai. Ce jour-là, Ma était vraiment fâchée

pasqu'à la boutique y voulaient pas nous faire crédit tant qu'on aurait pas payé ce qu'on devait. Elle s'en était pris à Pa en lui demandant pourquoi il avait pas payé ce qu'il devait, et elle avait dit que les bêtes et nous on était pas loin d'mourir de faim et qu'elle aurait mieux fait de pas l'épouser.

– C'est vrai, m'sieur. Ma était vraiment en pétard contre Pa. Moi, j'ai pas pris parti. J'ai mieux à faire que d'mettre mon nez dans les histoires des grandes personnes.

– Réfléchis un peu, Little Charlie. Même Petey trouve que c'est louche que ton père l'a été tué juste après en être venu aux mains avec ta mère. Surtout ici, en pleine cambrousse, là où personne peut raconter ce qui s'est vraiment passé.

Ce qui s'était vraiment passé ? Quel idiot j'étais ! L'shérif était bien en train d'me préparer une corde pour m'la passer au cou, mais c'était pas pasque j'avais volé l'bois de m'sieur Tanner. C'est pasqu'il pensait que j'avais tué mon propre père !

On a pas dit grand-chose sur le chemin du retour. Mais l'shérif a quand même donné l'ordre à Petey d'lâcher les rênes de la vieille jument et d'me les confier. Comme ça, si j'voulais, j'pouvais toujours m'enfuir en boitillant à travers bois…

Quand on est arrivés devant chez nous, le shérif a dit :

– Écoute-moi, Little Charlie : j'vais demander au juge Byrd d'venir avec moi inspecter c'te zone-là. Z'avez pas dans l'idée d'partir en balade dans les jours qui viennent ?

Partir en balade ? Au cours de mes douze ans d'existence, j'suis jamais allé à plus d'une quinzaine de kilomètres de Possum Moan.

– Non, m'sieur. On a rien prévu d'autre que d'retourner travailler aux champs.

– C'est bien, mon garçon. Dis à ta mère qu'on reviendra vous voir bientôt.

– Oui, m'sieur. Au revoir, m'sieur.

Le juge Byrd est connu pour être l'homme le plus malin du comté. Il a quitté son boulot d'juge pour défendre les intérêts de m'sieur Tanner au palais de justice. J'avais plus qu'à espérer qu'il trouve un moyen d'me sortir de ce pétrin. J'avais guère envie d'me retrouver à balancer au bout d'une corde, pieds attachés et cou déboîté.

Après la visite du shérif et d'sa bande armée, il s'est encore écoulé une semaine, pendant laquelle Ma, Stanky et moi, on a fait zactement comme j'avais dit au shérif, on a passé tout not' temps aux champs.

On en était presque aux récoltes et y avait pas une minute à perdre si on voulait réussir à tout rentrer.

Desserrer l'étau

Ma avait entendu dire que l'shérif, le juge et encore d'autres gros bonnets étaient retournés voir l'arbre de près pour trouver une bonne raison d'me mettre à l'ombre. Les gens disaient que si j'étais pas encore en prison, c'était juste pasque les gros bonnets avaient pas encore décidé si j'devais être pendu ou bien mis derrière les barreaux pour le restant d'mes jours.

Quand un soir, après une longue journée aux champs, j'ai entendu toquer à la porte alors que j'allais m'endormir, ça m'a fait un coup au cœur. C'était bizarre de recevoir une visite à cette heure-là car le soleil était couché depuis longtemps et la plupart des gens étaient chez eux à s'reposer pour être d'attaque le lendemain matin.

J'ai jeté un coup d'œil par la fenêtre et j'ai chuchoté à travers le rideau qui séparait la pièce en deux :

– Ma, tu dors ? C'est l'shérif !

Elle m'a répondu sur le même ton :

– Dis-y que j'ai perdu la boule à force de pleurer et que j'peux pas aligner deux paroles.

Je l'ai entendue remuer dans son lit et puis elle a dit, toujours en chuchotant :

– S'ils viennent pour t'arrêter, résiste pas, Charlie. J'viendrai t'voir en prison dès que j'pourrai. Ça prendra p'têt' un moment pasque tout ce micmac m'a tellement retournée que j'vais p'têt' aller chez May-May quèque temps. Mais j'viendrai t'voir bientôt.

Elle s'est mise à ronfler pour de faux.

J'ai ouvert la porte.

J'm'attendais presque à voir le shérif avec un paquet d'chaînes et le colt à la main, du coup ça m'a fait drôle de voir qu'il tenait juste son chapeau et aussi un sac en toile.

– Bonsoir, Little Charlie. Ta mère est là ?

– Désolé, shérif, mais Ma est pas dans son assiette et j'suis l'seul qui reste pour s'occuper d'elle. Si j'devais partir quèque part pour un moment, j'ai bien peur qu'elle meure de chagrin. La dernière fois qu'elle a repris ses esprits, elle a dit qu'la personne qui m'emmènerait loin d'elle, elle aurait sa mort sur la conscience. Même si c'est une bonne personne avec une bonne réputation. Elle dit que cette personne elle ferait aussi bien d'lui planter un couteau dans l'cœur pasqu'en m'emmenant loin d'elle elle serait sûre d'la tuer.

– Calme-toi, mon garçon, a dit l'shérif. J'ai jamais eu l'intention de planter un couteau dans l'cœur des gens. J'ai même pas d'canif, d'ailleurs.

Il s'est raclé la gorge.

– Écoute, Little Charlie, j'suis vraiment désolé de tout c'qui vous arrive. Y compris ce que je t'ai fait subir l'aut' fois dans les bois.

Il a posé sa main sur mon épaule.

– Suis-moi dehors, mon garçon. Faut qu'on cause pour de bon et j'veux pas déranger ta mère.

J'étais pas bien sûr que ce soit pas encore un traquenard. Il m'avait déjà eu une fois, j'avais pas trop envie de m'faire avoir une deuxième. P'têt' bien qu'il avait des chaînes dans son grand sac et que Petey m'attendait derrière la porte, trop content d'pouvoir crier : « Z'êtes en état d'arrestation ! » avant de m'fendre le crâne avec son pistolet rouillé.

J'ai suivi l'shérif à l'extérieur sur la véranda en bois et j'ai été complètement rassuré quand je l'ai vu remettre son chapeau sur sa tête et tirer de son sac une pierre plate et ronde ; elle mesurait à peu près cinq centimètres d'épaisseur et avait la taille d'un melon aplati. Une pierre à ricochets pour géant, quoi.

L'shérif a reposé son sac qui a fait un drôle de bruit sourd.

– Il faut qu'on cause d'homme à homme, Little Charlie.

J'me suis senti soulagé pasque j'ai compris que j'allais pas être pendu. En même temps, dans ces cas-là, j'aimerais mieux pas être aussi grand et costaud. J'savais qu'il allait m'dire quèque chose qu'il m'aurait pas dit si j'avais fait une taille normale, et j'avais pas bien envie d'écouter ce qu'il avait à m'dire.

– Y a des fois, Little Charlie Bobo, où qu'on s'retrouve avec des responsabilités trop lourdes pour ses propres épaules.

J'ai rien dit.

– C'est toi l'homme de la famille, maintenant. Ça va pas être facile mais j'ai parlé à tout un tas d'gens qui disent qu'ils vont vous filer un coup d'main pour vous aider à vous tirer d'ce mauvais pas.

Pa disait que l'shérif, c'est l'genre de personne qui rigole pas avec la vérité. Qu'il a pas beaucoup d'amis pasqu'il a pas compris qu'un p'tit mensonge débité au bon moment ça peut mettre du baume au cœur des gens qui souffrent.

Pa avait raison.

En faisant claquer son chapeau sur son genou, l'shérif a ajouté :

– Enfin bon, y disent qu'ils vont vous filer un coup d'main mais si j'étais vous j'compterais pas sur grand-chose à part une salade de patates et p'têt' un fer ou deux pour vos chevaux. C'que j'veux dire, Little Charlie, c'est qu'vous allez pas avoir trop d'temps pour pleurer la mort de ton père. Vous feriez mieux d'chercher à vous placer quèque part dès maintenant. Si jamais vous prenez du retard sur les traites que vous devez à m'sieur Tanner, j'aurai pas d'aut' choix que d'vous mettre dehors. Ces gens-là s'en fichent pas mal du malheur qui vous a frappé. J'aimerais vraiment pas en arriver là, mais j'ai les mains complètement liées.

Il parlait sans m'regarder. Mais tout d'un coup il a planté ses yeux dans les miens et il a dit :

– Mais allez pas chercher du travail chez les Tanner, ni toi ni ta mère. Z'avez mieux à faire que d'vous embarquer chez ces gens-là.

Je m'suis raclé la gorge.

– Merci, m'sieur, pour vot' conseil.

L'shérif m'a montré la pierre plate.

– Les voies du Seigneur sont vraiment impénétrables, Little Charlie. Si ton père avait frappé l'arbre trente centimètres au-dessus ou trente centimètres en dessous, il s'serait rien passé. Il serait rentré pour souper avec vous comme tous les soirs.

Dans la pierre que l'shérif tournait et retournait dans ses mains, y avait un gros éclat qui laissait voir des veines de blanc et de brun à l'intérieur.

– C'est l'juge Byrd qu'a tout remis d'aplomb, Little Charlie. L'a dit qu'une telle malchance à ce niveau-là, c'était pas imaginable. Cette pierre, l'était fichée dans l'érable. Y avait pas moyen de l'savoir en l'regardant, mais quand le Grand Charlie a voulu planter sa hache dans l'arbre, c'est c'te pierre-là qu'il a trouvée sous l'écorce.

– Mais comment qu'une pierre peut s'retrouver sous l'écorce d'un arbre, m'sieur, surtout une grosse comme ça ?

– D'après ce qu'a dit l'juge, cette pierre l'est restée dans l'arbre pendant zactement quarante-deux ans, trois mois et quatre jours. T'es trop jeune pour t'en souvenir, mais c'est l'temps qu'a passé depuis la tornade de 1816 qu'a bien failli rayer Possum Moan et une bonne partie d'la plantation des Tanner d'la carte.

Grand-Père racontait des histoires à propos de la « Grande Soufflante », comme disaient les gens de son époque. Il disait que les récoltes avaient été balayées si bien qu'les gens étaient presque morts de faim et que même les Tanner avaient connu des malheurs au point qu'ils avaient été obligés de vendre quèques esclaves.

– Les anciens qui ont vu ça, a dit l'shérif, racontent que Dieu a donné une pichenette sur la Terre pour s'amuser et voir un peu c'que ça faisait. Mais personne a trouvé ça drôle par ici. On a perdu dix-neuf âmes et les Tanner ont eu trente-six nègres tués d'un seul coup. Tout un tas d'gens ont vu leur vie changer du jour au lendemain. Si l'occasion s'présente, essaye donc d'jeter un œil aux bras et aux mains d'Alda Santos. L'avait que quatre ans quand ça s'est passé et la poussière l'a fouettée si fort qu'elle lui est entrée sous la peau et qu'elle en sortira qu'avec les vers qui viendront réclamer leur dû.

J'étais pas prêt d'aller jeter un œil aux bras de Miss Daponte. Tout le monde sait bien que c'est la femme la plus forte de Possum Moan, mais aussi la plus ronchonne.

– C'est aussi ce qu'est arrivé à c'te pierre, a repris l'shérif. L'a due être projetée cont' l'arbre quand il était jeune, elle s'est incrustée et est restée là pendant près d'un demi-siècle. Si longtemps qu'en grandissant l'arbre a fini par la recouvrir.

Tout s'espliquait, alors.

C'était un parfait exemple de la malchance des Bobo : y avait un million soixante-douze arbres dans les bois et fallait que Pa aille choisir çui qu'avait une armure invisible.

L'shérif a secoué la tête.

– Vu comme ton père était costaud, quand l'a frappé l'arbre de toutes ses forces le fer de sa hache a heurté c'te pierre, qu'a lancé les étincelles que t'as vues, et puis il est reparti dans l'autre sens à toute vitesse comme une chauve-souris sortie de l'enfer. Va falloir réécrire les livres d'histoire et noter qu'au bout de quarante-deux ans, quatre mois et quèques jours, le doigt de Dieu est venu réclamer sa vingtième âme.

J'me suis entendu pousser un gros soupir. L'shérif a eu l'air d'hésiter comme s'il avait encore quèque chose à m'dire. Finalement, il a lâché :

– Faut qu'tu comprennes, Little Charlie, qu'les gens sont un peu déboussolés à cause de ta grande taille. Ton père était fort comme deux et toi tu vaux déjà un homme et demi. C'est facile d'oublier que t'es rien qu'un gamin. Et un bon gamin, en plus. Quand j'repense à comment que j'vous ai traités au moment de vot' perte, ça m'fait vraiment honte. J'espère que tu voudras bien accepter mes escuses.

– Oui, m'sieur, j'veux bien. Pa disait toujours que vous êtiez un brave homme.

L'shérif m'a tendu la pierre.

– On l'a retirée de l'arbre en s'disant que vous voudriez p'têt' la garder.

J'savais pas quoi dire. À cheval donné, on regarde pas les dents, et j'voulais pas être malpoli en refusant un cadeau, mais j'me demandais bien c'que l'shérif voulait que j'fasse d'une pierre qu'était à moitié responsable de la mort de mon père.

Bien sûr, on pouvait toujours planter deux clous au mur de la baraque et poser la pierre dessus. Comme ça, si jamais quèqu'un passait nous rendre visite, on pourrait toujours lui dire : « J'te parie un dollar que tu sais pas ce que cette pierre a fait. »

Et on gagnerait à tous les coups.

Puis l'shérif a replongé la main dans l'sac de jute et en a sorti un objet plat et brillant.

Ça m'a pris quèques secondes pour comprendre que c'était le fer de la hache de Pa. Le fer s'était replié sur lui-même.

– Les gens savaient que ton père était un vrai costaud, Little Charlie, mais y savaient pas à quel point. On a retrouvé ça à trois mètres du sol, planté dans un chêne. On a essuyé le sang et on s'est dit que c'était à vous, ça aussi.

Tout ce que j'ai réussi à dire, c'était :

– Ma et moi, on vous remercie beaucoup, m'sieur l'shérif, et les aut' aussi, de vous être donné tout ce mal pour récupérer nos affaires.

J'ai placé la pierre sous mon bras droit et j'ai pris l'fer dans la main gauche. Après, j'ai serré la main du shérif et j'suis rentré dans la cabane.

Dès que j'ai ouvert la porte, Ma s'est mise à ronfler de plus belle.

J'ai tourné et retourné l'fer dans mes mains en m'demandant bien ce que j'allais pouvoir en faire. Y m'venait pas d'autre idée que de l'accrocher sur le mur, à côté d'la pierre.

Comme ça, si jamais quèqu'un passait nous rendre visite un jour, j'pourrais faire monter les paris et m'faire deux dollars d'un coup.

Le Chevalier d'la Pocalypse

Le shérif doit avoir un don de voyance pasque, croyez-moi ou non, juste après l'enterrement de Pa, des voisins nous ont apporté deux salades de patates et quatre fers à cheval pour Spangler.

Et puis plus rien ni personne dans les jours qu'ont suivi.

C'est aussi pour ça que j'ai été tellement surpris quand un matin, juste avant qu'on parte aux champs, quèqu'un s'est mis à frapper à la porte comme un sourd.

Quand on donne de grands coups à la porte, ça vous oblige comme qui dirait à aller ouvrir, que vous l'vouliez ou non.

J'ai donc ouvert la porte et j'suis tombé sur un p'tit bonhomme. Ça m'a pris un peu d'temps pour le reconnaître mais quand j'ai compris qui c'était, j'me suis arrêté de réfléchir et de respirer tout net. La dernière fois que j'avais vu cet homme c'était y a un an, il tenait un fouet plein de sang à la main et il s'acharnait sur l'dos lacéré de m'sieur Tom Foster, le pauvre fermier qui cultive les terres à côté des nôtres.

Je l'aurais reconnu tout d'suite sauf que, maintenant que j'le voyais d'près, je m'rendais compte que c'était un p'tit bonhomme de rien du tout, pas plus grand que Ma. Alors qu'il avait toujours l'air gigantesque quand l'était occupé à lacérer le dos d'quèqu'un ou à aboyer des ordres monté sur son cheval ou dans toutes les histoires qu'on racontait sur lui à voix basse. L'avait les jambes tellement torses en vérité que pratiquement toute sa longueur partait sur les côtés plutôt que vers le haut.

L'homme et moi, on s'est regardés un moment sans rien dire. J'étais figé sur place tandis que Captain Buck, le contremaître des Tanner – car c'était lui –, m'examinait de la tête aux pieds comme si j'étais un cheval qu'il s'apprêtait à acheter.

Tout l'monde sait qu'il faut pas plaisanter avec c'type-là, alors j'ai montré que j'étais un garçon poli :

– Bonjour, m'sieur, Captain. Vous désirez ?

Il a levé les yeux sur moi et il a dit :

– Nom d'un chien, si t'es pas l'portrait craché d'ton père ! La même peau pâle, les mêmes cheveux blondasses, les mêmes yeux verdâtres… On m'avait bien dit que t'étais un grand gaillard mais j'avais pas idée. T'as quel âge ?

– Bientôt treize ans, m'sieur. Y a quèque chose qui va pas ?

– En effet, mais j'pense que ça va pouvoir s'arranger. Ousqu'elle est, ta mère ?

– Elle reçoit pas d'visites, m'sieur. Mon père est mort y a pas longtemps.

– J'suis au courant. Y a pas grand-chose qui m'échappe, tu sais ? Mais ces deux dernières semaines j'étais occupé à ramener deux caravanes d'esclaves depuis l'marché de Charleston. C'est pour ça que j'ai mis autant d'temps à apprendre que l'Grand Charlie Bobo s'était foutu en l'air. J'suis venu dès qu'je l'ai su. Faut qu'je voie ta mère.

– L'est pas en état de recevoir des visites, m'sieur. Mais je lui passerai vot' bonjour.

Il a ricané :

– Ah ouais ? J'vais lui passer moi-même, tu vas voir. Où c'est qu'elle est ?

J'me suis demandé c'que Pa aurait fait à ma place, mais ça serait jamais arrivé du temps de Pa. Le Captain serait jamais venu taper comme un sourd à not' porte s'il avait été là.

J'dois bien faire une quarantaine de kilos d'plus que l'Captain. Si j'y donnais un coup en plein sur sa grosse tête, j'savais qu'il aurait son compte.

Mais fallait bien réfléchir. Cet homme-là est connu jusqu'au-delà du comté. Y en a qui vont jusqu'à dire qu'il est connu dans toute la région.

Un jour de décembre dernier, Pa était rentré dans un état terrible après avoir travaillé toute la journée sur la plantation. On avait besoin d'faire des courses, à la boutique on nous faisait plus crédit et on avait pratiquement rien mangé depuis plusieurs jours, alors Pa avait demandé du travail à m'dame Tanner. L'avait même dit qu'il était prêt à travailler aux champs comme les esclaves.

M'dame Tanner lui avait répondu qu'elle accepterait jamais de voir un Blanc travailler à côté des esclaves, mais qu'il avait qu'à demander au Captain, il lui trouverait bien quèque chose à faire. Elle lui avait même fait cadeau d'un vieux bout d'lard qu'elle réservait aux esclaves.

Quand Pa était rentré, l'était dans un état horrible. L'avait donné le bout d'lard à Ma en disant qu'il souperait pas pasque les choses qu'il avait vues lui avaient coupé l'appétit.

– Ce démon de Captain Buck, c'est quèqu'un qui fait ça par goût; l'a pas d'âme. J'remettrai jamais les pieds là-bas. Tant pis si on doit sucer des cailloux. Y a rien au monde qui justifie de voir c'que j'ai vu. Rien.

Pa avait dit quèque chose à propos d'un chat qu'on passe et j'avais demandé c'que c'était. Ma avait dit à Pa d'la boucler.

J'avais eu beau les supplier, Ma et Pa avaient jamais voulu m'dire quel genre de choses faisait Captain Buck. Ni c'que c'était que «passer» un chat. «C'est des histoires de grands», qu'ils m'avaient dit, pour que j'change de sujet.

Mais pour Pa, ç'avait pas été facile de changer de sujet. Non seulement il avait pas mangé deux jours durant, mais pendant des semaines il nous avait réveillés en cerceau toutes les nuits, Ma et moi, en criant et en suppliant qu'on arrête. Comme si c'était à lui qu'on avait passé l'chat et pas à quèqu'un d'autre.

De repenser à toutes ces choses étranges, ça m'a coupé l'envie de mettre un coup sur la tête du Captain.

– Mais, m'sieur, ça sert à rien de parler à Ma, elle est pas dans son état normal.

La façon qu'il m'a regardé, j'ai eu l'impression qu'il s'préparait à m'faire mal. J'ai senti qu'je rougissais et que tout mon corps se tendait pour répondre, au cas où.

– J'suis pas du genre à m'répéter, tu sais, sauf quand j'cause avec un qu'est sourd comme un pot ou bête comme ses pieds. Et vu que t'entends tout c'que j'dis parfaitement, tu dois faire partie du second groupe. J'vais te l'répéter une troisième et dernière fois : « Ousqu'elle est ta mère ? »

L'a pas attendu ma réponse. J'me suis écarté pour l'laisser entrer. L'a même pas retiré son chapeau.

Une odeur très spéciale qui piquait les yeux est entrée avec lui.

Sans même un « Bonjour la compagnie ! », il s'est dirigé vers l'rideau qui sépare la pièce en deux pendant la nuit et l'a écarté.

– Miss Bobo.

Ma avait remonté les couvertures par-dessus sa tête, seule une touffe de cheveux bruns et gris dépassaient. Mais, vu comment ses mains tremblaient en agrippant les couvertures, on voyait bien qu'elle faisait semblant d'dormir.

Le Captain s'est assis au pied du lit des parents et il a dit :

– Vraiment désolé que l'Grand Charlie ait eu des soucis avec sa hache. Ça m'a fait un choc de l'apprendre, même si tout ça c'est clairement un signe.

Ma a baissé les couvertures et s'est raclé la gorge.

– Oh, Captain Buck ! Un signe, vous dites ?

– Oui, m'dame ! J'me souviens plus du chapitre ni du verset, mais y a un endroit dans la Bible où qu'ils disent quèque chose comme : « Quand l'arbre commencera à se rebeller contre le bûcheron, ça sera le signe que la fin est proche et qu'la Pocalypse approche. »

Il a mis sa main près de son oreille :

– Oui, m'dame, Miss Bobo, vous l'entendez ?

Ma et moi, on entendait rien alors on s'est regardés, un peu inquiets.

– Mais bref, passons, j'suis pas là pour ça mais pasque l'Grand Charlie et moi, y nous reste des affaires à régler.

Tout l'monde dit que l'Captain est fou à lier, mais même quèqu'un d'cinglé comme lui devait bien savoir qu'les affaires de Pa en ce bas monde étaient clôturées pour de bon.

Ma avait l'air aussi perdue qu'moi :

– Des affaires, m'sieur ?

– Oui, m'dame. Y a à peu près un mois d'ça, l'Grand Charlie et moi on avait prévu de partir dans l'Nord. J'attendais juste qu'on m'dise qu'la voie était libre.

» Eh ben, figurez-vous qu'on m'a prévenu qu'elle était libre tandis que j'étais à Charleston, si bien que maintenant j'ai perdu une dizaine de jours et que j'commence à être pris par l'temps. Vous pouvez pas savoir comme j'suis déçu d'apprendre que l'Grand Charlie pourra pas venir avec moi.

– Il m'a jamais parlé d'partir dans l'Nord, m'sieur. Et maintenant, bien sûr…

– Eh oui, ma p'tite dame, y m'a dit qu'il partirait pas à moins que j'lui verse la moitié d'sa solde avant d'partir et la moitié au retour. J'lui ai dit qu'il avait perdu la tête mais mon bon fond a pris l'dessus sur mon bon sens, comme souvent, et j'y ai donné un dixième d'sa part sur-le-champ. Et maintenant, j'ai l'malheur de devoir trouver quèqu'un d'aut' pour ce voyage et j'ai pas l'temps d'faire ça proprement. Cela dit, j'vais vous laisser tranquille, ma p'tite dame, vous et vot' fils, et j'promets que j'viendrai plus vous embêter dès qu'vous vous serez débrouillés pour me rendre les cinquante dollars que j'avais donnés à vot' mari.

J'ai commencé à m'sentir à l'étroit dans la baraque. Ma s'est redressée d'un bond, l'air horrifiée.

– Cinquante dollars ? elle a dit d'une voix basse. J'vous promets m'sieur que Charlie a jamais ramené autant d'argent à la maison. Rien qui ressemble de près ou d'loin à ça, jamais. Vous pouvez regarder partout si bon vous semble, mais on a jamais eu ce genre de choses ici. Cinquante dollars ? Mais à part m'sieur Tanner, j'connais personne qu'a jamais eu autant d'argent d'un coup, m'sieur. Croix de bois, croix de fer.

Le Captain a fermé les yeux pendant une seconde ou deux, les a rouverts, et a souri. Enfin, il m'a semblé qu'il souriait, pasque c'était pas facile à voir étant donné qu'sa moustache recouvre sa bouche comme un buisson touffu. Mais j'ai vu les coins d'ses yeux se rider, et chez la plupart des gens c'est signe qu'ils sourient.

–Vous savez, Miss Bobo, j'vois bien qu'vous êtes sincère et à moi on m'la fait pas. J'vous crois quand vous dites que l'Grand Charlie l'a jamais ramené cet argent à la maison.

Ma et moi, on s'est détendus. Trop tôt.

– Oui, m'dame, j'vois bien qu'vous dites la vérité. Mais ça change foutrement rien au fait qu'il m'manque cinquante dollars. D'après c'que j'ai compris, l'Grand Charlie a pas l'intention de m'les rembourser et donc en tant qu'héritiers, c'est à vous d'vous en charger.

– Captain Buck, mais…

Il a levé la main.

– Rien m'ferait plus plaisir que d'rester à tailler l'bout d'gras avec vous, et on pourrait s'raconter des histoires sur l'Grand Charlie pendant des heures, mais j'ai à faire. Allez donc m'récupérer cet argent, vous ou ce phénomène de foire qui vous sert de fils…

Il a sorti une montre de sa poche, l'a tapotée et a dit :

– Le temps presse.

– Mais m'sieur, vous pouvez pas parler sérieusement. Vous voyez bien qu'on a rien. On a à peine de quoi manger…

– L'est plus au Grand Charlie, c'te terre ?

– Non, m'sieur, ça va faire six ans d'ça. Les temps étaient durs, alors il l'a revendue au fils des Tanner et maintenant on est plus qu'métayers.

Le Captain s'est approché d'la porte et l'a dit par-dessus son épaule :

– Faut que j'me rende au comté d'Orangeburg voir si Scooch Tinson pourrait pas m'accompagner dans l'Nord. J'serai d'retour demain matin à l'aube. Z'avez vingt-quatre heures pour trouver un moyen d'récupérer mon argent.

Ma s'est mise à sangloter :

– Mais m'sieur, y a pas moyen de…

Le Captain Buck était déjà parti.

Ma et moi, on a pas eu besoin d'se parler. On pensait pareil. La seule chose qui m'inquiétait, c'est que Stanky était sortie faire son tour dans les bois comme tous les matins. J'espérais qu'elle serait d'retour avant not' départ.

Comme une souris dans la gueule du chat

On a donné une heure au Captain pour être sûrs qu'il allait pas revenir sur ses pas, et puis j'ai attelé Spangler au chariot et l'ai sorti de derrière l'cabanon. Et on a commencé à charger nos affaires.

Pour être honnête, c'est moi qu'a commencé à charger nos affaires. Ma m'était pas d'un grand secours. L'avait tellement peur qu'elle sursautait au moindre cri de chouette et s'agrippait pratiquement à moi dès qu'elle entendait une branche craquer dans les bois. Moi, j'espérais qu'un de ces craquements serait l'fait de Spanky qui rentrait mais elle est jamais réapparue.

Pour rassurer un peu Ma, j'suis allé dans la remise et j'ai récupéré, sous les lattes du plancher, le six-coups de Pa. J'y ai mis les six dernières cartouches.

Puis j'ai installé Ma à l'avant du chariot et j'y ai confié le colt en lui demandant de surveiller les alentours.

– Attention à pas tirer sur Spanky, quand même.

Là où on vit, on peut difficilement appeler ça une maison. La plupart des gens disent « la baraque aux Bobo », du coup j'pensais qu'on avait pas grand-chose. Mais quand j'ai eu fini d'y mettre nos quèques meubles, nos habits, les outils de Pa et l'armoire de m'sieur Dalton presque terminée, le pauv' chariot était tellement plein qu'ça débordait de tous les côtés.

Il restait encore une heure avant le lever du jour quand j'ai fini de tout attacher comme y faut et que j'me suis assis à côté de Ma. J'ai sifflé Stanky une dernière fois. Ma a craché par-dessus son épaule et elle a dit :

– Bon débarras ! Cet endroit nous a jamais causé que des ennuis depuis l'départ. Ousqu'on va, Charlie ?

– D'abord on va prendre vers l'comté de Sumter et puis après on ira vers le nord en passant par Kershaw. Captain Buck a dit qu'il allait dans l'comté d'Orangeburg qu'est seulement à une vingtaine de kilomètres vers le sud. J'veux pas prendre tout d'suite vers le nord, au cas où il partirait à nos trousses. Ça serait horrible de tomber nez à nez avec lui sur la route.

Ma m'a regardé avec des yeux d'folle.

– Charlie, faut qu'tu m'écoutes et qu'tu m'écoutes bien. Si jamais tu revois cet homme, même si c'est dans cinq ans, j'veux que tu m'promettes de tout faire pour vider ce chargeur sur lui. Même si tu dois lui tirer dans l'dos, fais-le. L'avait raison, tu sais, la façon qu'est mort ton Pa, c'est un signe que la fin des temps approche. Et il le sait, lui, vu que c'est un messager du diable. J'voulais pas que ton Pa t'raconte c'que cet homme a fait aux esclaves de m'sieur Tanner, mais crois-moi, c'type est pas humain.

» J'suis pas du genre à penser que les nègres devraient avoir un traitement d'faveur et en général j'trouve qu'on est trop bons avec eux. À ce qu'on raconte, la plupart vivent mieux que beaucoup de Blancs honnêtes qui travaillent dur. Mais c'que ton Pa m'a raconté, de s'en prendre à des gosses pour punir les parents, ça m'donne la chair de poule rien que d'y penser. Passer l'chat à une gamine de deux ans, rien que pasque sa mère a manqué deux heures de travail aux champs ? Faut vraiment être tombé très très bas pour inventer une chose pareille. Quoi qu'il arrive, faut pas qu'y nous retrouve. Promets-moi que...

C'est là qu'le temps a recommencé à m'jouer des tours : alors qu'il allait jusque-là à une vitesse normale, il s'est mis à ralentir et j'ai été obligé d'regarder dans tous ses horribles détails la plus p'tite seconde.

J'sais pas si c'est la grimace que Ma a faite et qui ressemblait à celle de Grand-Ma le jour où qu'elle est morte, ou bien le cri aigu qu'elle a poussé, mais j'me suis pétrifié.

Elle a trifouillé sur ses genoux et attrapé le pistolet à deux mains. L'arrivait même pas à l'dégager du rideau d'la cousine de George Washington.

Au premier coup d'feu, j'me suis baissé en plaquant les mains sur mes oreilles. Puis j'me suis retourné pour voir ce qui faisait si peur à Ma. Pas d'erreur, à dix mètres de nous à peine, monté sur son cheval, se trouvait Captain Buck, les yeux plissés dans un sourire horrible !

Dans les mains de Ma, l'pistolet avait l'air cinq fois plus grand que dans celles de Pa.

Le premier coup tiré avait troué le rideau qui l'entourait et un des tasseaux dorés avait pris feu. Le deuxième coup est parti, et avec lui une pelote d'étincelles qui a illuminé tout l'avant du chariot. Heureusement que Ma tenait l'colt à deux mains, pasque le recul le ramenait presque au-dessus d'sa tête.

Les troisième et quatrième coups sont arrivés si vite l'un derrière l'aut' que Ma a pas eu l'temps d'viser le Captain. Les deux balles sont parties en sifflant dans le ciel de l'aube.

Pa avait pas dû donner les mêmes leçons d'tir à Ma qu'à moi. Ou bien elle les avait oubliées, pasqu'elle faisait zactement tout ce qu'il avait dit d'pas faire. Elle respirait à tout p'tits coups rapides, et au lieu d'réfléchir à ousqu'elle allait loger chaque balle elle se dépêchait de tirer toutes les balles le plus vite possible.

La cinquième balle m'a frôlé en sifflant et l'est allée s'planter dans un arbre derrière le Captain avec un bruit sourd.

La sixième a caressé mon pantalon aussi doucement qu'un chaton qui serait venu s'frotter contre mon mollet.

Quand elle a réussi à s'débarrasser à peu près du tissu et à pointer son arme sur le Captain, c'était trop tard. L'avait plus d'balles dans son canon, et les clic-clic-clic du pistolet tiré à vide ont résonné dans les bois qui entouraient not' maison. C'était un son terrible, qui retentissait dans mes oreilles presque plus fort que tous les coups qu'elle avait tirés auparavant.

De tirer au pistolet, ça l'a claquée, Ma. Quand elle l'a reposé sur ses genoux, l'avait l'air plus fatiguée qu'à la fin d'une chaude journée d'été quand on travaille aux champs de l'aube jusqu'au soir.

Ma, le Captain et moi, on est restés sans bouger. J'ai eu l'impression qu'on gardait la pose au moins une heure. À la fin, c'est le Captain qu'a parlé l'premier.

– Eh ben, eh ben ! il a fait en gloussant. Si les Bobo ont l'habitude de saluer leurs visiteurs en leur vidant un six-coups dessus, j'vous préviens tout d'suite, c'est la dernière fois que j'viens vous rendre visite ! En plus, vous m'aviez pas dit que z'aviez l'intention d'partir. J'aurais su, j'serais resté pour vous aider à charger.

C'est difficile de savoir quoi dire à quèqu'un quand vot' mère vient de lui décharger dessus un six-coups à bout portant. Après ça, y a guère d'escuses qui vont faire mouche, alors j'me suis dit qu'il valait mieux changer d'sujet.

– Merci, m'sieur, c'est gentil de vot' part mais on a pas besoin d'aide. On va juste chez Tante May-May qu'habite au bout d'la rue passer une semaine ou deux voir si Ma s'remet un peu. Elle est pas dans son assiette, ces temps-ci, et…

Le Captain m'a interrompu en ricanant :

– Tu veux savoir pourquoi j'suis si bon dans mon boulot, grand gars ?

Dans sa bouche, ces deux derniers mots avaient l'air d'une insulte.

– T'as déjà entendu parler du sixième sens ?

J'ai pas répondu.

– Eh ben, moi, j'ai comme qui dirait un septième sens. Dès qu'on fait quèque chose dans mon dos et qu'on prépare un sale coup, j'ai comme un pressentiment: ça m'démange sous la peau. Et figure-toi, mon gars, que dès que j'vous ai quittés, toi et ta mère, ma peau s'est mise à m'piquer comme si je m'étais assis sur une fourmilière! Au début, j'ai pas voulu y croire, j'me suis dit: «Non, les Bobo, c'est des braves gens, y feraient jamais une chose pareille.»

» J'peux comprendre qu'la mort du Grand Charlie dans des circonstances aussi tragiques, ça vous rende un peu sauvages et qu'vous ayez pas envie d'voir du monde, mais d'là à vider un six-coups à bout portant... C'est p'têt' une idée que j'me fais, mais y m'semble que ça va plus loin que d'la mauvaise humeur, j'dirais même que c'est d'la franche hostilité. C'est bizarre, j'ai l'impression que z'êtes pas jouasses de voir ce vieux Captain, non? Dites-moi que j'me trompe.

J'avais déjà vu ce genre de choses. Comme quand un chat d'la ferme attrape une souris et lui plante ses crocs dedans, juste assez pour qu'elle puisse plus s'enfuir. Et pendant l'heure qui suit, ou même plus si ça lui chante, il s'amuse à la faire valdinguer, à la mordre, à la lécher, à la bouffer et à la recracher, jusqu'à ce que la pauv' bête en peuve plus de frayeur et qu'on voit son cœur battre à lui en rompre les côtes.

Y a pas pire comme façon d'mourir. Et j'avais pas l'intention d'entrer dans l'jeu du Captain.

– J'ai décidé d'attendre que ça passe, a repris le Captain. J'me suis mis sur l'bas-côté et j'ai pas pu m'empêcher de piquer un somme. C'qui est une bonne chose, vous m'direz, pasque comme ça j'ai pu revenir à temps pour vous filer un coup d'main avant vot' départ.

Il a changé d'ton pour dire à Ma :

– T'as une idée, ma fille, du tort que tu nous as fait à tous ? T'imagines un peu ce qu'ça va faire à ma réputation une fois qu'ça va s'savoir ? J'ai passé toutes ces années à faire comprendre aux nègres et aux bouseux les lignes à pas franchir. Les limites sont claires. Quand y vont entendre parler de l'affaire, ça va les embrouiller.

» J'les vois déjà, ces péquenots, en train d'discuter pour savoir combien d'coups y peuvent tirer sur ce vieux Captain sans qu'ça porte à conséquence. J'les imagine en train de s'gratter la tête et d'dire : « Alors, c'est-y qu'on peut tirer sept coups ou c'est-y bien six la limite ? » Ou bien y s'diront à voix basse : « P'têt' ben qu'on peut lui vider deux pistolets dessus, au Captain, l'est devenu raisonnable maintenant. » Et les nègres, alors, y vont rien y comprendre quand il s'agira d'se servir d'un fusil à deux coups. Y sauront pas s'ils doivent recharger trois ou six fois ! Et moi, j'serai épuisé, à bout d'nerfs, à force d'esquiver les balles du matin jusqu'au soir. Et t'en connais beaucoup, des gens nerveux et inquiets qu'arrivent à s'faire respecter ?

» En plus de ça… (Là, il a fait semblant d'essuyer une larme.)… vous m'avez fait vraiment d'la peine, Miss Bobo. Comment vous voulez que j'vous laisse en vie maintenant que vous avez ruiné ma réputation ?

Ma avait pas compris qu'il jouait au chat et à la souris et elle est entrée pile dans son jeu. Ça m'a fait mal au cœur d'la voir s'mettre à l'implorer comme ça.

– Oh, j'vous en supplie, m'sieur Captain Buck. Je soufflerai pas un mot de c'qui s'est passé, et Charlie non plus. J'vous l'jure, m'sieur. Dis-y. Dis-y, Charlie, que t'en souffleras pas un mot. Charlie Bobo! Arrête de l'regarder comme ça et dis-y!

J'aurais voulu que Ma s'taise. Plus tôt elle s'tairait, plus tôt on en aurait fini.

– Tu m'prends vraiment pour un imbécile! Même si t'as pas l'intention d'jaser, l'expérience m'a appris qu'les paroles ont tendance à jaillir d'la bouche des idiots, pareil que l'eau jaillit d'la source, sans prévenir. Avec ma réputation, je m'évite tout un tas d'ennuis et de problèmes, mais tu m'as fait un gros trou dedans et maintenant y va bien falloir que j'le rebouche.

– J'vous jure, Captain Buck, j'vous jure qu'on dira rien. J'vous en supplie, donnez-nous une chance!

Le Captain en avait pas fini de jouer avec Ma.

– Avant que j'prenne une décision, Miss Bobo, pourquoi qu'tu m'dis pas ce qu'on raconte à mon sujet derrière mon dos?

L'air paniquée, Ma s'est mise à chercher ce qu'il pouvait bien avoir envie d'entendre.

– Tout c'que j'ai entendu dire, m'sieur, c'est qu'vous êtes un homme fort et puissant. Tout l'monde dit que c'est grâce à vous, en vrai, si m'sieur Tanner est aussi riche.

– Très bien, continue…

J'en avais assez d'ce jeu. J'me suis mis à hurler:

– Tout l'monde dit qu'vous êtes la pire des ordures qu'on puisse trouver sur cette terre! On dit que vot' mère c'était un putois et vot' père un rat ! On dit qu'y a un endroit spécial en enfer qui vous attend pour l'jour où ce sera vot' tour ! C'est ça qu'on dit, espèce de pourriture humaine !

Ma s'est jetée hors du chariot et l'est tombée par terre en gémissant. Le pistolet de Pa a roulé dans la poussière.

Je m'en fichais. En tirant sur l'Captain et en l'loupant, l'avait signé la fin du voyage pour nous deux. J'voyais bien la direction qu'ça prenait et, qu'on l'supplie ou non, j'savais que l'Captain allait s'lasser d'jouer avec nous dans peu d'temps. J'savais au fond d'mon cœur que Little Charlie Bobo et Suzy Bobo seraient les deux prochains noms sur la liste des gens qu'il avait envoyés au cimetière.

On était déjà morts et j'allais pas passer mes dernières minutes sur terre à ramper devant un ver sorti du tas d'fumier. Mon père l'aurait pas accepté et j'voulais pas l'accepter non plus. Que l'Captain fasse ce qu'il avait à faire et qu'on en finisse.

– T'as raison, mon garçon, a dit l'Captain en souriant, c'est zactement ce qu'on raconte sur moi et oh, Votre Honneur, j'suis coupable de tout !

J'en pouvais plus. Quèque chose d'horrible allait arriver à Ma, c'était sûr, mais j'étais pas obligé d'y assister. J'ai sauté à terre et j'ai foncé sur l'Captain, poings fermés ; à ma grande honte, des larmes roulaient sur mes joues.

D'un geste souple, il a brandi son colt. Il savait c'que j'avais en tête ; au lieu d'me tirer dessus, il a visé Ma qui continuait à s'tortiller dans la poussière en gémissant et en implorant.

– T'as déjà vu l'agonie de quèqu'un qu'a pris une balle dans l'ventre ? Fais encore un pas et ta mère va t'montrer comment qu'ça s'passe.

J'me suis figé sur place sans l'vouloir.

Il a lancé à Ma :

– La seule chose qui m'retient de t'achever, c'est que si j'te donnais ton dû ton fils me haïrait si fort qu'il m'servirait plus à rien. Ça m'plaît bien, c'que j'viens d'voir de lui. Il a du cran. J'suis dans une mauvaise passe et on dirait que l'Seigneur a exaucé mes prières et m'a envoyé ton fils pour m'venir en aide. En plus, j'suis pris par le temps. Donc j'vais m'montrer bon homme d'affaires et bon chrétien, et j'vais vous pardonner vos fautes en espérant qu'vous m'pardonnerez les miennes.

» V'là ce qu'on va faire. Toi, la femme, tu vas filer chez les Foster dire à Tom qu'il faut qu'il m'amène un cheval pour l'atteler à ce chariot. Ensuite, il l'conduira chez les Tanner à la grange numéro 3 côté nord. T'as pigé ?

Ma tremblait d'tous ses membres mais elle a répondu :

– Oui, oh merci, m'sieur, z'êtes bien un saint comme tout l'monde le dit. C'est Jésus lui-même qui vous a protégé des balles. Alléluia !

– Tu m'écoutes ou quoi ? À quelle grange qu'il doit mener le chariot ?

– Grange numéro 3, côté nord.

– Son contenu vous appartient plus, c'est l'premier versement du règlement de vot' dette.

Il s'est tourné vers moi :

– Ce cheval, c'est pas un petit d'la jument de Joe Sell?

J'ai pas répondu.

– Oh oui, m'sieur! a crié Ma. L'Grand Charlie a acheté Spangler quand on avait des sous, l'a payé quasi cent dollars. Prenez-le! C'est un bon cheval!

– C'est bien c'qui m'semblait. Et l'étalon, c'était...

– C'était Grand Shavois! a repris Ma.

– Y fera l'affaire, a déclaré l'Captain.

Il s'est tourné vers moi.

– Dételle le cheval et selle-le. J'ai pas l'temps d'aller voir si Scooch Stinson peut venir avec moi, et vu que l'Bobo que j'avais déjà payé s'est fichu en l'air comme un idiot, tu vas t'porter volontaire pour prendre sa place.

Il avait aucun droit d'traiter Pa d'idiot. Aucun.

– T'es plus grand qu'la plupart des hommes adultes. Si tu gardes ton chapeau baissé sur les yeux et que t'ouvres pas l'bec, tu devrais faire l'affaire. J'ai juste besoin de quèqu'un qui impressionne les gens et d'une seconde paire d'yeux pour être sûr qu'y a rien qui s'trame dans mon dos.

Il a dit à Ma:

– Moi et vot' fils, on sera d'retour dans trois, quatre semaines, un mois et demi tout au plus.

– Un mois et demi? j'ai dit. Mais j'peux pas quitter les champs si longtemps, c'est juste le moment de...

L'Captain a levé la main pour m'faire taire.

– T'as d'aut' chats à fouetter, maintenant. De toute façon, l'shérif allait vous flanquer à la porte la semaine prochaine. Maintenant que l'Grand Charlie est plus là, y a pas moyen que vous y arriviez tout seuls. On s'est dit qu'on allait y mettre des nègres pour rentrer les récoltes.

» Toi et moi, on part rechercher des voleurs. Y a une dizaine d'années, z'ont volé à peu près quatre mille dollars à m'sieur Tanner. Il nous a fallu tout c'temps pour retrouver leur trace. Y s'sont installés à Detroit, dans l'Michigan. Y a dix ans qu'ont passé et z'ont baissé la garde, ils pensent s'en être tirés. Mais y vont avoir droit à une belle surprise. La justice dort jamais bien longtemps et l'jour ousqu'elle s'réveille, elle nous fait expier tous nos péchés.

– Mais Captain...

Il s'est mis à crier :

– Dis donc, mon garçon, tu vois pas qu'Jésus s'est déjà montré drôlement aimant avec toi aujourd'hui ? Avec ta mère, tu voulais m'voler cinquante dollars, elle a essayé de m'planter six balles dans l'corps, et vous m'avez pas dit une seule chose véridique depuis qu'on s'est rencontrés. Même Job s'serait tellement mis en pétard qu'il vous aurait fracassé l'crâne pour moins que ça !

» Mais au lieu d'vous faire du mal, j'laisse ta mère partir et j'te donne une occasion d'te faire cinquante dollars comme t'en rencontreras pas d'aut' dans ta vie. En plus, j'te donnerai encore cinquante dollars quand on aura ramené les voleurs. Et toi, au lieu d'te traîner à mes pieds et d'me lécher les bottes, tu m'bassines avec tes : « Mais, Captain Buck » ?

– La ferme, Charlie ! s'est mise à hurler Ma. La ferme ! Pars avec le Captain et lui manque pas d'respect. Il nous rend un grand service. Ton père lui devait cinquante dollars et c'est à toi d'honorer sa dette. On t'a élevé comme il faut, montre au Captain que t'es un gentleman.

Le Captain a levé les yeux au ciel.

– Qu'est-ce t'en dis, mon gars ? On règle ça tout de suite... (Il a pointé son arme sur moi.)... ou bien tu vas prendre cette chance que j'te donne ? Tu vas faire honneur à la réputation d'ton père ?

– Il va l'faire, Captain ! a crié Ma. Et maintenant, avec vot' permission, je file chez m'sieur Foster.

Ma s'est relevée, a empoigné sa robe à deux mains et s'est mise à courir pieds nus en direction d'la ferme des Foster.

– Donne-moi c'pistolet, m'a dit l'Captain.

J'y ai tendu l'arme de Pa. Mes mains tremblaient.

Il l'a mise dans une des sacoches accrochées à son cheval.

– Maintenant, fais c'que j'ai dit.

Mes mains et mes jambes tremblaient très fort pendant que j'détachais Spangler, que j'y mettais sa selle et que j'montais dessus.

Puis l'Captain et moi, on est partis vers le nord. On avait pas fait plus de trois kilomètres qu'il a arrêté son cheval.

– C'est pas que j'aie pas confiance en ta mère, mais vu ce qu'elle m'a fait, ça m'paraît justifié d'avoir un doute ou deux rapport à ses intentions. Attends-moi ici. J'vais m'assurer qu'elle essaye pas d'planquer mon chariot quèque part.

Il a repris la route dans l'aut' sens et m'a lancé par-dessus son épaule :

– Pas d'blague, hein, Little Charlie ? Si jamais t'es pas là quand j'reviens, j'donne pas cher de ta peau !

Combien d'temps j'suis resté comme ça, assis sur Spangler, avant d'reprendre mes esprits, j'en ai aucune idée.

La première chose que j'ai pensée quand j'suis sorti d'ma terreur, c'était l'danger terrible que courait Ma maintenant que l'Captain était reparti tout seul dans l'aut' sens. P'têt' qu'il avait changé d'avis, p'têt' qu'il avait décidé d'la tuer ? Mais, si c'était l'cas, pourquoi qu'il aurait fait toute une histoire à propos de l'endroit où fallait mener not' chariot ?

Tandis que j'réfléchissais à c'que j'devais faire, mes oreilles s'sont mises à l'affût des moindres bruits d'la forêt, du chant des oiseaux et des grillons, du vent dans les arbres, des cris des crapauds et de toutes les bestioles qu'on entendait farfouiller dans les bois. Ce qu'elles redoutaient le plus d'entendre, mes oreilles, c'était un cri. Ou un coup d'pistolet.

Des questions ont commencé à m'ronger. Fallait-y que j'y retourne et que j'essaye de l'arrêter avant qu'il fasse du mal à Ma ? Fallait-y que j'aille à Possum Moan pour demander de l'aide au shérif ? Ou que j'trouve le moyen de tendre une embuscade au Captain ?

Quand j'ai eu fini d'penser à tout ça, j'ai su que j'avais pas d'aut' choix que d'partir à la recherche de Ma. J'allais faire faire demi-tour à Spangler quand j'ai entendu quèque chose qui m'a retourné l'estomac. J'ai pas pu m'en empêcher, j'ai vomi par-dessus l'encolure de Spangler. Comme j'avais rien mangé depuis l'déjeuner d'la veille, c'est surtout de l'eau que j'ai rendu.

Un cheval remontait la route lentement en faisant claquer ses sabots, et la personne qu'était assise dessus chantait.

Le Captain.

Il chantait une vieille chanson du Sud d'une voix éraillée qui vous filait la chair de poule et qu'on aurait crue sortie directement de l'aut' monde.

En arrivant à ma hauteur, il m'a souri, les yeux brillants.

– J'aurais pas dû m'méfier d'elle, elle était déjà presque arrivée chez Tom Foster. Elle court vite, ta mère. On aurait dit une biche qui fonçait à travers bois. Une brave femme. La dernière chose qu'elle a dit, c'est : « Oh, merci Captain d'être aussi bon avec nous ! Merci beaucoup ! »

C'était zactement l'genre de choses que Ma pouvait débiter. J'ai failli m'évanouir tellement j'me sentais soulagé.

– Merci, Captain. Ma a raison, Pa aurait voulu que j'honore sa dette. J'vous causerai pas d'problèmes.

Le Captain a donné un coup d'éperons.

– Faut qu'on y aille, maintenant. J'te préviens, si jamais tu changes d'avis et qu'tu m'causes le moindre souci, j'te tuerai tout net et j'reviendrai tuer ta mère et tout ce qui bouge par ici.

– Non, m'sieur, ça sera pas la peine. Parole de Bobo.

On est partis vers le nord. Mais mon cœur est resté dans les bois avec Spanky...

L'éducation de Little Charlie

Ce qu'il y a d'bien, maintenant que j'suis sur la route avec le Captain, c'est que j'risque pas d'tomber sur quèque chose qui va m'faire penser à Pa. Ces derniers temps, après son accident, tout c'que j'voyais autour d'la maison ou dans les champs me ramenait à lui.

J'pouvais pas passer près du cabanon sans m'dire que c'était là qu'on avait fait ci ou ça ensemble; à tel endroit, il m'avait filé une beigne pasque j'étais trop têtu; et partout, j'croyais entendre sa voix caverneuse qui m'disait: «Little Charlie, tu peux faire mieux qu'ça», ou: «Écoute, mon fils, tu sais bien qu'ta mère voulait pas t'vexer», ou encore: «Bravo, mon garçon!»

Maintenant que j'avance au pas derrière l'Captain, toutes ces idées s'sont un peu éloignées; par contre, j'me suis remis à penser à c'que Ma m'disait quand on travaillait aux champs.

Ma a une drôle de façon d'voir les choses, mais d'temps à autre elle peut avoir raison. Plus les jours passent et qu'on avance vers le nord, plus j'repense à ses histoires d'fourmis et d'bourdons.

– C'est pas pasque t'as un cerveau, elle m'dit toujours, qu'il faut qu'tu t'croyes obligé de t'en servir à tort et à travers toute la sainte journée. C'est la meilleure manière de l'user ou d'le fatiguer tellement qu'le jour où tu vas vraiment en avoir besoin, il sera plus d'attaque. Les gens disent que t'es intelligent, Charlie ; tu devrais savoir qu'ta tête, c'est pas un puits sans fond. Si tu continues à aller y puiser sans retenue, y a un jour où elle sera à sec et tu t'retrouveras fou à lier. Si t'étais vraiment aussi malin qu'tu l'crois, t'arrêterais d'chercher toutes les réponses dans ta tête et tu les chercherais autour de toi dans les merveilles de la Création.

» Faut faire comme les bourdons, Charlie. T'as déjà vu comment qu'ils se fourrent dans toutes les fleurs, au point d'changer d'couleur ? De noir et jaune, ils deviennent tout dorés. Et ça fait pas un pli que, quand ils ont leur robe dorée sur eux, c'est les bestioles les plus heureuses d'la Création, aussi proches de not' Seigneur qu'on peut espérer l'être. Ils restent posés sur la fleur à absorber toute cette beauté, et puis ils s'mettent à vrombir en remuant les ailes comme ils savent faire. Tu dois faire pareil si tu veux apprendre à travailler aux champs : arrête de trop réfléchir et écoute le bourdonnement des choses. Laisse ton esprit s'reposer pour être sûr qu'il soit là l'jour où t'en auras vraiment besoin.

Sur la route, derrière le Captain, j'ai essayé j'sais pas combien d'temps de faire comme Ma disait et d'écouter juste le bourdonnement des choses, mais c'est pas dans ma nature ; j'y arrive pas. J'peux pas m'empêcher de m'demander où va ce chemin-ci ou bien comment s'appelle ce village-là.

Si j'devais passer mon temps à penser à une abeille qui rentre à la ruche couverte de pollen et toute contente, j'deviendrais complètement taré.

À part le bruit des sabots des chevaux sur le sol, et les pets que laissaient échapper de temps à autre le Captain ou son cheval, les deux premiers jours ont été très silencieux.

Très très silencieux.

Tellement silencieux que j'avais envie d'hurler à m'en faire péter la gorge. Mais un des premiers trucs que l'Captain m'a dit, c'est qu'il voulait pas m'entendre avant d'être sûr que j'avais des choses intéressantes à raconter.

Et moi, j'me demande bien comment qu'il pourra savoir que j'ai des choses intéressantes à raconter s'il m'laisse jamais parler.

Lui, par contre, au bout d'deux jours, il a décidé que j'devais écouter tout ce qu'il avait à dire. P'têt' que quand on est tout l'temps par monts et par vaux et que les gens ont peur de vous et qu'ils vous détestent, on s'sent seul et on est content d'la moindre occasion qui s'présente d'pouvoir parler normalement à un êt' vivant.

Pendant qu'il cause, ça pourrait être l'occasion de s'concentrer sur les abeilles et piquer un somme, mais j'ai repensé à c'que Pa m'avait dit, une fois. J'me souviens plus bien des paroles, mais en gros c'était: « On peut apprendre de n'importe qui. Même les crétins ont quèque chose à t'apprendre si t'écoutes bien et qu'tu repères les grains d'maïs qui brillent comme des pépites dans la merde qu'ils débitent. »

Le Captain a annoncé qu'on quittait la Caroline du Sud pour entrer en Caroline du Nord et les mots ont commencé à pleuvoir de sa bouche. Il m'a pas fallu beaucoup de kilomètres pour comprendre que son sujet préféré c'était lui-même, et son intelligence hors pair.

– J'ai l'meilleur boulot du monde. C'est un boulot qui changera jamais, qui sera là jusqu'à la fin des temps. Grâce à lui, j'ai rien à voir avec les gens comme vous, les métayers et les fermiers d'misère. Vous, vous êtes à la merci du temps qui fait et des invasions d'insectes et vous pouvez rien faire sans une équipe de nègres corrects et un Blanc qui sait les mener. Nan, moi, j'ai pas besoin de tout ça. Ce travail, y dépend que d'la nature des nègres et des lois de ce pays, et v'là bien deux choses qui changeront jamais. Y a deux cents ans d'Histoire derrière nous pour l'prouver. Aussi sûr que l'soleil s'lève à l'est, c'est un fait.

» Mon père, et son père avant lui, et le père de çui-ci et encore son père à lui, l'étaient tous contremaîtres chez les Tanner. Et si l'Seigneur avait bien voulu m'faire don d'un fils, lui aussi l'aurait été. À mon sens, tant qu'les Tanner continueront à pondre un enfant sain ou deux à chaque génération et qu'ils nous feront pas une nouvelle lignée d'abrutis, j'suis verni.

Il a plongé la main dans sa poche et en a sorti une sorte de pièce ronde en bronze.

– T'as vu ça ? Tu sais c'que c'est ?

J'ai voulu la prendre pour mieux voir. Il a retiré sa main.

– Je t'ai pas dit d'toucher, j'ai parlé d'regarder.

C'était une espèce d'insigne avec une grosse étoile au milieu et des lettres tout autour.

– C'est quoi ?

– Tu sais pas lire ?

– Quèques mots, mais pas ceux-là.

– C'est écrit que j'suis chasseur d'esclaves de Caroline du Sud. Le meilleur boulot que Dieu ait jamais inventé.

C'est là qu'il est passé à son deuxième thème préféré : les esclaves, qui sont des bêtes horribles.

– Le nègre, c'est l'animal le plus ingrat qu'tu pourras jamais rencontrer. T'as beau les traiter aux p'tits oignons, t'as beau tout leur donner, c'est jamais assez. Ils seront jamais satisfaits et tu serais bien idiot d'essayer d'leur faire plaisir. Y veulent toujours plus et, qu'ils l'aient ou qu'ils l'aient pas, tôt ou tard leur vraie nature reprend l'dessus, ils sont pas contents et ils veulent se débiner. Ils ont ça dans l'sang. C'est rien qu'des enfants et ça restera jamais qu'des enfants.

» Et quoi qu'on fasse, on pourra pas les changer. Ça fait deux cents ans qu'on essaye et on a pas réussi à les faire évoluer ni en les tapant, ni en les saignant à vif, ni en les croisant avec d'autres. Deux cents ans qu'on essaye et nous v'là en l'an de grâce 1858 et j'dois encore perdre mon temps avec les mêmes âneries que mon arrière-arrière-grand-père. Ce qui prouve bien que l'boulot de contremaître a de l'avenir. Les seuls qui peuvent en dire autant d'leur travail, c'est les nègres eux-mêmes. Eh ben, encore une chose qu'ils savent pas apprécier à sa juste valeur, tu vois.

Il faisait pratiquement nuit quand le Captain a dit :

– On va s'arrêter ici.

Devant nous, y avait un feu de camp et cinq ou six hommes autour.

Ils nous ont dit qu'on pouvait passer la nuit avec eux. Parmi eux, y avait un vieil homme qu'avait l'air gentil.

On s'est présentés et le vieil homme a dit au Captain :

– Pas besoin de m'dire c'que vous faites dans la vie. (Il a pointé son doigt sur le Captain.) Pas vous en tout cas.

Puis il a pointé son doigt sur moi :

– Toi, maintenant que j'te vois d'plus près, j'vois que t'es rien qu'un gamin. Si on t'pressait l'nez il en sortirait encore le lait d'ta mère…

Il faisait déjà sombre mais il a dû me voir rougir. L'homme m'a fait un clin d'œil et m'a dit :

– Viens t'asseoir près d'moi, mon garçon.

J'ai regardé l'Captain, il a hoché la tête puis il a demandé à l'homme :

– Z'êtes doué pour percer les gens à jour, vous travaillez dans quoi ?

– J'ai passé la moitié d'ma vie sur les mers et l'aut' moitié dans les chemins d'fer. Avant, après et entre, j'ai fait tout ce qu'on peut imaginer. Y a pas un boulot que j'ai pas fait.

Il a repris, en regardant l'Captain :

– Enfin presque. J'ai jamais rien eu à voir avec le trafic d'esclaves.

Le Captain a ricané.

Un des hommes assis autour du feu a dit :

– Le Vieux Jerry était juste en train d'nous raconter pourquoi il avait quitté la marine pour aller travailler dans les chemins d'fer.

– La vraie raison qui m'a fait quitter la marine, a repris le Vieux Jerry, c'est qu'ils ont passé une loi ridicule comme quoi l'équipage devait rester sur l'bateau en cas de naufrage. Et même pire, que c'était au capitaine de quitter le navire le dernier. J'sais pas si vous êtes croyants et ça m'regarde pas, d'ailleurs, mais dans ma Bible à moi c'est clairement dit qu'on doit pas s'amuser à s'fiche en l'air. Le suicide, c'est un péché, un point c'est tout.

» J'savais bien que si l'bateau commençait à couler et qu'il restait qu'une seule place dans les canots de sauvetage et qu'y avait une vieille dame toute frêle et un jeunot qui comptaient prendre la place, et ben ça ressemblerait drôlement à du suicide si j'essayais pas de jouer des coudes pour la prendre, c'te place.

» Donc, pour être sûr de pas m'retrouver dans c'te situation, j'ai abandonné la marine et j'suis devenu cheminot. J'ai vite découvert que dans les chemins d'fer les gens sont beaucoup plus raisonnab' rapport à qui doit être sauvé en premier.

» J'vais vous donner un exemple. Y avait un vieux pont à la sortie de Hamburg, en Caroline du Sud, tout l'monde savait qu'il allait pas tarder à s'écrouler. Chaque fois qu'on passait par là, depuis au moins trois ans déjà, on disait aux patrons d'la compagnie que c'était un danger public, mais les patrons s'en fichaient pas mal. Y disaient toujours : « On va s'en occuper tout d'suite », mais y faisaient rien du tout. L'était dans un tel état, ce pont, qu'on avait mis au point une règle dans l'équipe : interdit d'manger des fayots pendant au moins huit heures avant d'le franchir.

L'homme m'a regardé et m'a demandé :

– Tu sais pourquoi ?

J'ai haussé les épaules pasque j'voyais vraiment pas l'rapport entre manger des fayots et franchir un pont.

– Pasque si on pétait pendant qu'la locomotive était sur le pont, on aurait flanqué tout l'train dans la rivière.

Autour du feu, tout le monde a éclaté d'rire, sauf le Captain.

– Faut savoir, a repris le Vieux Jerry, que quand un train s'flanque dans la rivière, y a personne qui survit dans la locomotive. Et si t'as pas la chance d'y passer tout d'suite au moment du choc, tu risques fort d'mourir dans d'atroces souffrances, soit coincé contre la chaudière et ébouillanté, soit rôti à p'tit feu par les charbons qui t'ensevelissent.

» Donc, comme on savait tous que ce pont de Hamburg tenait plus qu'à un fil, ce qu'on faisait c'était que, juste avant d'le franchir, le machino arrêtait l'train, baissait la vapeur et mettait la locomotive au ralenti, si bien que l'train s'traînait à trois, quatre kilomètres-heure. Et pis y descendait, traversait tranquillement à pied et attendait de l'aut' côté que l'train arrive pour sauter à bord de nouveau. À part les nègres qui s'occupaient du service, tout l'équipage faisait pareil, on traversait à pied et on remontait à bord de l'aut' côté, une fois l'danger écarté.

» Eh ben, figurez-vous qu'un beau jour, il pleuvait pas, faisait pas d'vent, par un grand soleil, sitôt que l'équipe a traversé ce pont et s'est retournée pour voir arriver l'train, quèqu'un à bord a dû péter: on a entendu un grand crac et les six voitures, les vingt-sept passagers et les six nègres qui s'trouvaient dedans sont tombés dans l'vide, sans un seul gars de l'équipage parmi eux. L'explosion d'la chaudière, au moment où elle a percuté l'eau, a achevé tous ceux qu'avaient pas eu la chance d'mourir pendant la chute.

» On est restés comme deux ronds d'flan. Après avoir hurlé d'joie et nous être félicités d'avoir été si malins, on a commencé à s'demander ce qu'on allait bien pouvoir raconter à la compagnie et à la justice pour espliquer c'qui était arrivé. Enfin, pas tant c'qui était arrivé mais pourquoi c'était arrivé à aucun des gars de l'équipage.

» Y en a qu'ont eu l'idée de tirer au sort trois personnes parmi nous qu'on assommerait et balancerait dans la rivière, histoire d'équilibrer les comptes et qu'ça ait l'air moins louche. Mais l'diable est dans les détails, comme on dit, et tandis que tout l'monde voulait bien s'porter volontaire pour assommer ou balancer, la liste des ceux qui acceptaient d'être assommés ou balancés s'allongeait guère.

» À la fin, on a décidé de nommer sept passagers morts membres de l'équipage pour qu'ils remplacent nos cadavres. Faut savoir que, quand une locomotive passe par-dessus bord et atterrit dans l'eau, tous ceux qu'étaient dedans s'transforment en poulets grillés, donc on s'donne rarement du mal pour identifier les corps.

» Ç'a marché, la compagnie a eu la gentillesse de prévenir nos familles et d'leur faire parvenir à chacune un gros bout d'barbaque grillée dans une boîte pour qu'elle puisse l'enterrer. Personnellement, j'ai pas eu l'courage de l'faire, mais j'ai entendu dire que quèques-uns dans l'équipe ont assisté à leur prop' enterrement sous un déguisement pour savoir c'que les gens pensaient d'eux. J'ai pas compris c'que ça pouvait leur apporter. Moi, j'étais juste heureux d'avoir une chance d'refaire ma vie.

» J'me souviens, à l'époque j'me disais que c'était dommage que tout l'monde ait pas cette chance, qu'on devrait tous pouvoir abandonner not' vie quand elle devient vraiment intenable et aller repartir de zéro ailleurs.

Le Vieux Jerry a craché dans la poussière.

– Le seul problème avec ça, c'est qu'à la fin on finit toujours par reconstruire la même vie. Z'êtes un acteur dans une aut' représentation. Les personnages ont beau être différents, l'décor a beau avoir changé, à la fin vous jouez toujours dans la même pièce pourrie. Et un matin, en vous réveillant, vous vous demandez qui sont ceux qu'ont vraiment eu d'la chance en fin de compte : ceux que l'train a emportés et qu'ont été fauchés net, ou ceux qui sont restés sur l'bas-côté et qu'ont vu la catastrophe s'dérouler p'tit à p'tit, au fil des années.

Pour la première fois depuis qu'on était partis, le Captain a éclaté d'rire et il a dit :

– Eh ben, sur ces paroles d'espoir, je m'en vais lire ma Bible. Bonsoir, la compagnie !

Au cours des jours qu'ont suivi, j'ai fini par récupérer quèques informations intéressantes parmi toutes les crasses que racontait le Captain.

Dans la Bible, un des dix commandements est entièrement réservé à la question du vol, ça veut dire qu'ça fait partie des choses que Jésus trouve vraiment graves, plus graves par exemple que d'balancer un sac plein d'chatons dans la rivière ou d'pisser dans l'puits de vos voisins ou d'embobiner un débile notoire pour l'amener à vous donner ses chaussures.

Ce voyage dans l'Nord avec le Captain, c'est donc une action vraiment bonne et chrétienne pasqu'on va redresser un tort en rattrapant des voleurs et en les faisant payer pour leurs péchés. D'après l'Captain, c'est pas seulement du beau travail qu'on va faire, c'est un travail prescrit par Dieu lui-même.

J'étais obligé de m'répéter cette idée de plus en plus souvent au fur et à mesure qu'on s'rapprochait des voleurs et qu'on s'éloignait de Possum Moan et du dernier bain qu'avait dû prendre le Captain.

D'après certains, j'suis un peu chochotte pasque ça m'arrive pas souvent d'laisser passer un mois d'été sans m'laver au moins une fois, mais la propreté fait partie d'ma nature.

J'pourrais pas vous dire d'où ça m'vient pasque ni Pa ni Ma sont vraiment gênés par les gens qui sentent mauvais. Pour dire la vérité, ça les dérange pas d'sentir mauvais eux-mêmes.

Mais même quèqu'un qu'a pas l'nez bien sensible pourrait pas s'empêcher d'remarquer l'odeur que dégage l'Captain.

J'le soupçonne de pas s'être lavé depuis plusieurs mois, bien avant son voyage au marché de Charleston. Il doit faire partie d'ces gens qui pensent qu'ça porte malheur de s'laver en mai, juin, juillet et août, plus pendant tous les mois en «r».

En tout cas, pour c'qui est du côté sacré de not' aventure, j'vais être obligé de l'croire sur parole pasque j'aurais jamais pensé que l'travail de Dieu pouvait sentir aussi mauvais.

Si quèqu'un était lancé à nos trousses, au lieu qu'ce soit nous qui remontions sa trace, l'aurait pas besoin d'un chien limier d'première classe pour nous retrouver; même un vieux bâtard de vingt ans qui passe sa vie à roupiller sur la véranda l'museau plein d'morve aurait aucun problème à indiquer de quel côté vient le Captain et ousqu'il va, même par tempête.

Et j'avais beau lui lancer des perches et l'encourager discrètement, y voulait vraiment pas entendre parler ni d'eau ni d'savon. D'après mes calculs, ça faisait déjà deux, trois semaines qu'on voyageait et, à part un plongeon rapide quand on avait mal évalué la profondeur d'un cours d'eau, le Captain s'était jamais approché d'un quèconque liquide sauf, bien sûr, çui qui sort d'son propre corps.

Une fois qu'on était arrêtés pour la nuit près d'un ruisseau et que j'passais mes habits à l'eau en m'servant d'argile comme savon, j'ai pris l'risque de lui en toucher un mot:

– Vous savez, m'sieur, vu que j'le fais pour moi, ça m'gênerais pas d'passer vos habits à l'eau aussi.

Il m'a regardé en plissant les yeux et il a dit:

– Tu sais, mon gars, not' relation risque de vite et mal se

terminer si tu insinues encore une seule fois que t'as envie de m'voir tout nu.

– Euh, non, m'sieur, j'ai pas envie d'ça du tout. J'me disais juste qu'un peu d'eau pourrait aider vos habits à s'détendre. Vous seriez plus à l'aise s'ils étaient pas si raides et qu'ils pliaient là où plient les vêtements d'la plupart des gens.

Je l'ai pas dit, bien m'en a pris, mais il empestait davantage que c'qui sort de l'extrémité sud d'une chèvre malade orientée au nord.

Il s'est redressé sur son coude, m'a regardé droit dans les yeux et m'a dit :

– Tu insistes avec cette histoire d'habits... Tu ferais mieux d'faire attention, mon gars, j'ai pas pour habitude de tolérer l'insolence d'la jeunesse, et j'me fiche pas mal d'la taille que tu fais. J'plaisante pas.

Comme je suis pas fou, j'ai laissé tomber.

J'avais plus qu'à éviter d'me placer sous l'vent par rapport au Captain. Ou bien trouver quèque chose d'épais et d'adapté à m'coincer dans les deux narines.

On arrive à Detroit

J'dis pas que c'est grâce à mes encouragements, mais dans la nuit qu'a suivi cette discussion j'ai eu droit à une belle surprise.

J'me suis réveillé d'un coup. L'était tard et la lune jouait à cache-cache avec des gros nuages noirs, des ombres grises glissaient sur les arbres. Le feu s'était éteint et les chevaux étaient à leur place, attachés à un peuplier.

Tout avait l'air normal mais quèque chose m'avait réveillé, aussi sûr que si on m'avait appelé par mon nom.

C'était le silence. Je m'étais tellement habitué à entendre l'Captain ronfler et grogner dans son sommeil qu'ça m'inquiétait de n'plus rien entendre.

Le seul endroit où il avait pu aller, c'était la rivière, alors j'ai coupé à travers bois pour l'y retrouver. En arrivant au bord de l'eau, j'ai entendu des bruits sourds et j'me suis posté derrière un arbre pour voir c'qui s'passait.

La lune s'est cachée à nouveau et j'y voyais vraiment rien. Quand les nuages ont fini par s'écarter, la lune a éclairé le Captain de toute sa lumière. L'avait retiré sa chemise et l'était entré dans la rivière jusqu'à la taille, et il s'aspergeait lentement.

À part sur ses mains, son cou et son visage, la peau du Captain était blanche comme le ventre d'un animal mort, mais c'qui a vraiment attiré mon regard, c'était sa poitrine. L'avait tout un tas d'bosses le long des côtes.

J'ai déjà vu ce genre de choses à Possum Moan ; si on y ajoute des jambes arquées, c'est l'signe en général que cette personne a souffert du rachitisme dans son enfance.

Dans la lumière d'la lune, avec sa poitrine pleine de bosses, l'avait plutôt l'air d'une créature sortie du fond d'la rivière que d'quèqu'un qui venait d'y entrer. Il avait passé la ceinture de son colt autour de son cou, et l'étui du pistolet pendait dans son dos.

C'était facile de voir qu'il avait pas trop l'habitude de s'laver ; il essayait même pas d'frotter sa peau avec l'eau, il la laissait juste couler sur lui. En plus, s'il avait retiré son chapeau et qu'il s'en était servi pour puiser de l'eau, il aurait pu en prendre beaucoup plus qu'avec ses toutes p'tites mains.

J'sais pas non plus comment il imaginait que de l'eau seule allait pouvoir attaquer la graisse et la crasse qui lui collaient à la peau ; il aurait eu besoin d'savon, et de beaucoup d'savon, pour pouvoir commencer à briser l'étau de toute cette saleté.

Finalement, le Captain a arrêté d'faire semblant de s'laver. Il a poussé un long soupir et a posé ses mains sur ses yeux. Puis sa tête a roulé en arrière et il a ouvert la bouche en gémissant.

On voyait bien qu'il trimballait un gros fardeau. On en aurait presque eu d'la peine pour lui. Presque.

J'sais pas comment c'est arrivé, mais en une seconde tout a basculé. Un instant, j'ressentais presque quèque chose pour l'Captain, et çui d'après j'avais les yeux braqués sur le canon d'son pistolet.

– Montre-toi où j'te troue la peau aussi sec, a dit le Captain.

J'ai fait ce qu'il m'disait ; j'ai mis les mains en l'air et j'ai crié :

– C'est rien que moi, Captain. Tirez pas !

Il a gardé le pistolet braqué sur moi et est revenu vers la berge où était sa chemise. Et là, il a fait un truc d'la main gauche qui m'a rappelé un souvenir que j'savais pas que j'avais en moi.

J'devais avoir trois ou quatre ans à l'époque, encore un peu trop jeune pour aller travailler aux champs. Un matin, j'm'étais réveillé et, comme j'croyais que Ma et Pa étaient déjà dehors, j'ai voulu aller m'coucher dans leur lit pour finir ma nuit.

J'ai tiré sur l'rideau qui séparait la pièce en deux, et là j'suis tombé sur Ma qu'était debout toute nue.

On a tous les deux poussé un cri. Ma s'est penchée pour attraper sa robe d'la main droite tout en mettant sa main gauche sur ses seins, les doigts écartés.

L'Captain venait d'faire zactement pareil, sauf que Ma voulait pas qu'on voit ses seins et lui voulait pas qu'on voit qu'il était racho.

Il s'est dandiné pour enfiler sa chemise tout en gardant l'pistolet pointé sur moi. Moi, j'ai fait comme avec Ma l'jour où je l'avais trouvée toute nue : j'ai tourné la tête pour pas l'déranger.

L'était vraiment très fâché :

– Tu vas finir par t'faire tuer si tu continues à épier les gens, mon gars.

– M'sieur, j'vous jure que j'faisais pas ça du tout. J'me suis juste réveillé et j'me suis demandé ousque vous étiez passé.

Il s'est approché d'moi et s'est mis à m'traiter de tous les noms, il était si près que des paquets d'bave sortaient du tas d'poils qui lui recouvrent la bouche et venaient étaler leur puanteur sur mon visage. Mais j'y faisais pas attention, j'étais beaucoup plus préoccupé par l'canon du pistolet qu'il avait braqué sur ma tempe.

Sans prévenir, l'Captain a arrêté de crier, il a brandi le pistolet par-dessus sa tête. J'me suis pas amusé à lever les mains, j'voulais pas lui donner l'impression que j'risquais d'attraper l'arme.

On est restés là, sans bouger, j'le regardais dans l'blanc des yeux en attendant qu'il commence à m'taper dessus avec la crosse de son pistolet. Mais, au lieu d'me frapper, le Captain s'est figé. De ma vie entière, j'avais jamais vu un regard aussi étonné.

– Ça alors… C'est quoi, cette expression sur ton visage, mon gars ?

J'savais pas que j'avais une expression spéciale ; quel genre d'expression on est censé avoir quand on est sur l'point de s'faire assommer par une crosse de pistolet ?

– Tu crois que j'connais pas c'regard ? Tu crois vraiment qu'tu peux t'permettre de m'regarder avec pitié ? *Avec pitié ?*

C'est seulement quand il l'a dit que j'ai su que c'était vrai. Depuis qu'il s'était pointé chez nous pour récupérer ses cinquante dollars, j'avais toujours regardé le Captain avec crainte, mais depuis que je l'avais vu tout triste et tout tordu sous l'clair de lune, las et usé, c'était vrai. J'pouvais que ressentir d'la pitié pour ce pauv' vieux type.

– Mais t'es aveugle, ou quoi ? (Il s'était remis à crier.) Toi et ta famille, vous valez à peine mieux que les négros, et t'as le toupet de m'regarder avec pitié ? T'es rien qu'un métayer orphelin, stupide et illettré et t'as le cran de m'regarder avec pitié ? Moi ?

Il a fini par détourner son arme et il s'est éloigné.

J'ai pas fait attention tout d'suite – c'est pas facile de penser à quoi qu'ce soit quand on a un pistolet braqué sur la tempe –, mais j'aurais pu m'éviter beaucoup d'problèmes si j'avais juste un peu mieux écouté c'que l'Captain venait d'dire.

J'suis resté réveillé toute la nuit, et l'Captain aussi. Quand l'soleil s'est levé, on a déjeuné, sans un mot ; puis on est remontés sur nos chevaux et on a repris la route du nord.

Je commençais à m'habituer au silence du Captain quand çui-ci a demandé à un groupe qui arrivait dans l'aut' sens si on était bien sur la route de Detroit et combien d'temps encore il nous fallait pour l'atteindre. On a tout d'suite su qu'il s'était adressé aux bonnes personnes quand, sans même retirer leur chapeau ni s'gratter la tête pour réfléchir, ces gens nous ont répondu du tac au tac :

– Continuez tout droit, vous y serez dans la demi-journée.

Toutes les choses que j'avais imaginées à propos du gang de voleurs et d'comment j'allais m'y prendre pour les rattraper et ainsi rembourser la dette de Pa s'sont mises à cavaler dans ma tête. Plus on s'approchait, plus j'étais excité.

Mais quand on est arrivés en ville mon excitation a commencé à retomber.

On est entrés par le sud, par une rue qui s'appelle Fort Street, d'après ce qu'a dit un passant au Captain. Pour commencer, y avait pas de fort dans cette rue, mais c'était pas ça le plus bizarre.

Ce qui m'a vraiment étonné, c'est qu'on sentait pas l'odeur de l'herbe, ni des arbres, ni d'la terre. On aurait dit que quèqu'un qui aimerait pas les plantes, ni les herbes, ni tout c'qui est vert en général avait mis une couverture sur toute la ville pour étouffer la vie. C'était vraiment affreux.

Et les bruits, curieux et intéressants au début, ont vite commencé à s'mélanger pour faire un brouhaha qui donnait envie de s'plaquer fissa les mains sur les oreilles. Les gens s'criaient dessus, les chariots et les fers des chevaux claquaient fort sur les pavés qui recouvraient le sol, et des bruits d'marteau et de masse résonnaient de toutes parts.

À l'entrée de la ville, on voyait surtout des maisons et puis de temps en temps un immeuble ou deux. Plus on s'est enfoncés dans Fort Street, moins on a vu d'maisons et plus on a vu d'immeubles, jusqu'à c'que les maisons disparaissent pour de bon et qu'il reste plus que des immeubles. À la fin, ils se bousculaient presque. On aurait dit qu'ils cherchaient à jouer des coudes, qu'ils s'bagarraient pour que même un chat affamé puisse pas passer entre eux. Le seul espace vide qui restait, c'était quand une rue venait interrompre le mur de bâtiments.

C'était comme si la terre avait fait quèque chose de vraiment mal et que chaque rue et chaque immeuble lui faisait payer sa faute en lui pesant dessus et en empêchant tout c'qui est vivant d'ressortir. Les grands murs des bâtiments et des immeubles m'faisaient penser aux glissières qu'on voit à l'abattoir, sur lesquelles on fait descendre les cochons et les autres bêtes de plus en plus bas, jusqu'à l'endroit ousqu'on leur tranche la gorge.

Le Captain avait pas à s'faire de souci, je risquais pas de vouloir rester en ville ; cet endroit était mort, c'était rien qu'un cadavre en train d'pourrir. J'y resterais pas une minute de plus que c'qui était obligé.

Comment les gens pouvaient bien vivre ici ? Sans arbres, sans oiseaux ni aucune bestiole, sans eau, avec rien qu'des bruits et des immeubles qui vous donnent l'impression d'être à deux doigts d'rendre l'âme… ?

Detroit, c'est une ville énorme ! Et on y voit des nègres qui marchent tranquillement le long des rues, en vaquant à leurs affaires.

Le Captain a demandé aux premiers Blancs qu'on a croisés ousque s'trouvait le local du shérif. Il avait décidé de recommencer à m'parler.

– Quand t'arrives chez quèqu'un, tu dois lui montrer du respect et les prévenir de c'que tu viens faire. On m'a dit que l'shérif était pas un Yankee, on a p'têt' une chance.

On a trouvé l'bureau du shérif et on est entrés. Là, y avait deux hommes assis à une table couverte de journaux, avec une boîte de conserve coupée en deux remplie de mégots. L'un était vieux et costaud, l'aut' plus jeune, plus mince, avec un air mesquin.

– Bonsoir, la compagnie, comment ça va-t-y ? a demandé l'Captain.

Le vieil homme a reposé son journal en souriant de toutes ses dents :

– Pas aussi bien qu'vous deux, ça c'est sûr ! À vous entendre, j'parierais qu'vous avez quitté la Caroline du Sud y a à peine une heure ou deux. Moi, j'y suis pas retourné depuis vingt-trois ans, alors vous allez forcément mieux qu'moi.

– On y était fectivement y a moins d'trois semaines, a répondu l'Captain.

– Ça fait du bien d'entendre quèqu'un qui cause normalement, pour une fois ! Z'êtes de quel coin ?

– J'viens d'la plantation Tanner dans l'comté de Richland. Et ce garçon vient de Possum Moan.

Le shérif nous a tendu la main.

– Shérif Glenn Turner. Et voici Keegan. J'peux pas dire que j'connaisse ces endroits qu'vous m'dites, mais bienvenue à Detroit.

Çui qui s'appelait Keegan nous a juste fait un p'tit salut d'la tête. L'avait le même regard froid que l'Captain.

– Et qu'est-ce que j'peux faire pour vous aut'? a demandé l'shérif.

– Eh ben voilà, m'sieur. On m'appelle Captain Buck, et çui-ci, c'est Little Charlie Bobo. On veut mettre le grappin sur des nègres félons qu'ont pris la fuite. Y vivent ici depuis près d'dix ans. J'voulais vous prévenir d'mes intentions par courtoisie, des fois qu'y ait du grabuge.

– J'vous remercie. Depuis que ces crétins d'Washington ont adopté leurs lois sur les esclaves, on voit des gens qui débarquent ici pour choper le premier négro venu. Et c'est moi qui m'retrouve à compter les morts, blancs et noirs.

C'étaient donc des esclaves qui avaient volé quatre mille dollars aux Tanner ! J'pouvais pas m'empêcher de m'demander combien d'argent il leur resterait après dix ans.

– C'est qui qu'vous cherchez ? a demandé l'shérif.

– Y en a trois, un mâle et une femelle qui ont la trentaine bien sonnée, et leur fils qui doit avoir dans les douze ans maintenant.

– Et leurs noms ?

– Les parents s'appellent Lou et Cletus, le fils Sylvester. Ils portent tous le nom Tanner.

L'homme a secoué la tête.

– Ça m'dit rien. Et toi, Keegan ?

– Non plus.

– Mais ça veut rien dire, a repris l'shérif. Y a plus de quarante mille personnes à Detroit. Ceux-là doivent s'tenir à carreau. Les nègres qui arrivent du Sud nous causent aucun problème, du coup on a jamais d'contact avec eux. En plus, ils ont dû changer d'nom. C'est la première chose qu'ils font quand ils s'font la malle. Avant d'régler leur compte à ces nègres, on va s'occuper d'vos chevaux. Z'avez déjà pris une pension ?

– On vient d'en voir une qu'avait pas l'air trop mal. On va s'y installer le temps d'mener à bien notre affaire.

– Très bien. Venez avec moi à l'écurie et on s'occupera d'vos chevaux.

Le shérif a repoussé la table pour se lever et nous a conduits dehors. Quand il a vu Spangler et la jument du Captain, il a sifflé :

– Eh ben, dites-moi, en v'là des beaux chevaux ! Vous devez venir d'une grande plantation.

Le Captain s'est hérissé.

– Assez grande.

– Qu'est-ce qui pousse là-bas ? Du coton ? Du riz ?

La bonne humeur du Captain s'était évaporée avec les questions du shérif. L'a pas répondu. J'comprenais pas pourquoi : l'shérif nous rendait service en s'occupant de nos chevaux alors qu'il était pas obligé. Ça pouvait pas faire d'mal de s'montrer aimable.

– On vous doit combien pour prend' soin d'nos chevaux ? a demandé l'Captain.

– Disons que c'est juste d'la bonne vieille hospitalité sudiste envers des compatriotes loin du pays.

– Merci, m'sieur. Et maintenant, ousqu'on pourrait manger dans l'coin ?

Après avoir laissé les chevaux à l'écurie et souhaité une

bonne soirée aux hommes de loi, on est partis, l'Captain et moi, vers l'endroit que l'shérif nous avait indiqué.

– Pourquoi vous avez pas dit au shérif que vous connaissez l'adresse ousque s'cache la bande ? L'aurait pu nous dire où c'est.

– Quoi ? a fait l'Captain. Pour qu'ils arrivent avant nous et qu'ils les chopent ? Non merci. T'es p'têt' pas aussi bouché que j'ai cru au début. T'as eu l'bon sens d'la boucler quand on était là-bas, mais j'ai vu que tu faisais une drôle de tête, d'un coup. M'dis pas que t'as pas compris c'qui était en train d'se passer ?

– J'ai pensé qu'il voulait nous aider et qu'il taillait l'bout d'gras pour tuer l'temps.

Il m'a lancé un regard déçu.

– T'es bien aussi bouché que t'en as l'air. Primo, mets-toi bien ça dans l'crâne : faut s'méfier de tous les gens qu'ont l'air de vouloir rendre service. La plupart du temps, ils sont là que pour servir leurs intérêts. Deuzio, tailler l'bout d'gras, comme on dit chez toi, c'est la manière la plus courante de s'mettre au jus pour savoir si t'es un pigeon qui vaut l'coup. Et troizio, quand quèqu'un fait semblant d'être copain un peu trop vite, rappelle-toi qu'il cherche juste à prendre une longueur d'avance pour trouver la meilleure façon d'te plumer.

» Ce shérif, qu'est rien qu'un bandit avec un insigne, il serait bien capable de t'planter un couteau dans l'dos histoire de rigoler. Et l'aut', là, après cinq minutes passées près d'lui, t'aurais intérêt à vérifier qu'il t'a pas piqué ton caleçon, si jamais t'en portais un. Moins t'en diras à ces deux bandits de grand chemin, et mieux tu t'porteras. Ils veulent te rouler dans la farine et toi tu t'en rends même pas compte ! Allons chercher les chevaux.

Il a sorti de son portefeuille un bout d'papier avec des gribouillages dessus.

– Faut qu'on trouve cette adresse ; j'dois passer dans cette boutique pour trouver l'garçon qui nous dira zactement ousque sont nos compères.

L'informateur

On a trouvé la boutique qu'était indiquée sur l'papier et l'Captain m'a dit de l'attendre dehors pendant qu'il allait causer à l'homme assis au comptoir. J'ai vu des billets passer de main en main et puis l'Captain est ressorti.

– Y paraît qu'y a un parc avec une statue à un kilomètre d'ici environ. Quèqu'un va faire passer l'message au gars pour qu'il nous y retrouve dans une heure.

On est partis vers le parc.

La statue en question, c'était un homme en fer qu'avait l'air tout triste. Remarquez, y avait d'quoi pas avoir le moral : on aurait dit que tous les oiseaux de Detroit s'étaient donné le mot pour venir tous les jours lui faire caca dessus. Il portait un drôle de vieux chapeau sur la tête, et à la main une lance qui ressemblait à celles qu'ils ont dans la Bible pour tuer les gens.

Après un temps infini, un homme de couleur avec une blouse blanche couverte de traces de sang est entré dans l'parc et s'est approché de nous. Ses bottes aussi étaient pleines de sang. Y devait travailler dans un abattoir. L'avait remonté ses jambes de pantalon qu'étaient raides de sang séché.

Il s'est assis sur l'banc à côté d'moi.

– Bonjour.

J'ai vu que l'Captain était mal à l'aise pasque l'homme de couleur s'était assis près d'nous sans demander la permission. Sans regarder dans sa direction, il a dit :

– Qu'est-ce tu veux, mon gars ?

– *Mon gars ?* J'ai dû me tromper de personne.

Et l'homme s'est levé et est reparti.

Le Captain a repris, d'un ton plus aimable :

– Qu'est-ce qui vous presse, mon brave ?

L'homme s'est retourné.

– J'ai bien vu que c'était vous, les sudistes. Qui d'autre pourrait avoir une telle dégaine de péquenots ?

Le Captain a dû comprendre qui avait la main dans l'affaire et il a changé d'attitude.

– Eh ben, oui, c'est nous. Et vous, vous venez d'où ?

– Peu importe. Vous avez l'argent ?

– Attendez un peu, a fait l'Captain. J'veux savoir pour quoi j'paye.

– Dès que j'aurai l'argent, je vous montrerai.

Le Captain a plongé la main dans la poche de son manteau et en a ressorti une liasse de billets qu'il a posée sur l'banc.

L'homme de couleur l'a prise et s'est mis à compter à voix haute :

– ... trente-cinq, quarante, quarante-cinq, cinquante, cinquante-cinq, soixante.

– C'est bon ? a demandé l'Captain.

– C'est ce qu'on avait dit.

– Et alors ?

– Vous savez lire ? a demandé l'homme.

– Et vous ? a demandé l'Captain.

– Voilà ce que vous cherchez.

L'homme a posé un papier sur l'banc, à l'endroit où l'Captain avait posé l'argent. Le Captain a fait la grimace, a pris l'papier et s'est mis à lire c'qui était écrit.

– J'ai d'aut' questions. Le 541 Madison Street, c'est une maison ?

– C'est ça.

– C'est quel genre de quartier ?

– *C'est quel genre de quartier ?* Vous voulez les attraper ou bien vous cherchez un endroit pour vous installer ?

– J'veux dire, c'est que des esclaves ou bien c'est surtout des Blancs ?

– Des esclaves ? Y a pas d'esclaves ici, dans le Michigan.

– C'est un quartier d'Blancs ou d'gens d'couleur ?

– C'est mélangé.

– Bon, d'aut' part, c'est écrit qu'elle travaille dans une blanchisserie sur Vernor Street, et lui au 113 Gray-Tiotte. Ça fait loin ?

– Trois rues.

– Et d'la prison ?

– Dix minutes de marche.

– Dans quel genre de quartier ?

– Des commerces. Quartier blanc.

– C'est tout c'que j'voulais savoir.

– Peut-être pas, a dit l'homme. Combien vous êtes prêts à donner pour en trouver deux de plus ?

– J'ai pas l'intention de m'encombrer d'une caravane d'esclaves. J'suis juste ici pour récupérer ceux-là.

– Les deux dont je vous parle sont les enfants des fuyards. Deux filles. Des jumelles. Elles ont deux ans.

– En bonne santé ? a demandé l'Captain.

– Grasses comme des porcelets.

L'Captain a souri.

– Alors là, c'est aut' chose. On peut causer.

J'suis allé voir la statue de plus près. Ils ont continué à parler, le Captain a compté d'aut' billets, l'homme de couleur les a recomptés et puis il a dit :

– Redonnez-moi ce papier.

Il a tiré un crayon de derrière son oreille et il a écrit quèque chose.

– Les petites sont chez une femme qui les garde pendant que les parents travaillent. Voilà son adresse. Vous avez d'autres questions ? Faut que je retourne au boulot.

J'ai pensé que l'Captain allait lui dire ce qu'il pensait de sa façon malpolie de répondre à un Blanc. Au lieu d'ça, il a dit :

– J'vous remercie. On se reverra bientôt.

– Pas si c'est moi qui vous vois le premier.

L'Captain a souri.

– Je m'en souviendrai.

Puis il m'a fait signe d'approcher :

– Suis-le.

– Ça serait pas plus simple de demander à quèqu'un ousqu'est l'abattoir dans l'coin ?

–Y travaille pas à l'abattoir, a dit l'Captain.

– Ben si, z'avez pas vu ses…

– T'as pas vu son crayon ?

– Oui, m'sieur, mais…

– À ton avis, pourquoi qu'on aurait besoin d'un crayon quand on travaille à l'abattoir ? Pour écrire un mot d'adieu aux vaches ? Pour noter les dernières pensées des moutons et les expédier à leur famille à la ferme ? Pour envoyer des cartes postales aux cochons ? Y travaille dans une boucherie et j'dois savoir laquelle. Si l'adresse qu'il m'a donnée vaut rien, l'aura affaire à moi. Allez, bouge.

– Et si j'me perds ?

– Tout l'monde connaît la prison à Detroit. Si t'es pas revenu dans une heure, on s'retrouve là-bas.

J'aurais pas dû m'inquiéter. L'Captain avait raison. J'ai suivi l'homme jusqu'à l'arrière-boutique d'une boucherie dans laquelle l'est entré, six rues plus loin. Devant la boucherie, y avait deux garçons de couleur qu'étaient assis. J'leur ai demandé :

– Comment qu'elle s'appelle, cette boutique ?

– La boucherie.

– Mais l'est à qui ?

– Au boucher.

Ils s'sont mis à rire et j'ai senti que j'rougissais.

Une femme passait par là, et j'ai dit :

– Pardon, m'dame, comment qu'on appelle cette boutique, siouplaît ?

– La Boucherie Irlandaise, qu'elle m'a dit.

Puis elle m'a regardé de haut en levant les sourcils et elle m'a dit :

– Vous devriez retourner à l'école, jeune homme.

– Oui, m'dame, j'ai répondu, tout en pensant que j'devrais surtout retourner en Caroline du Sud, ousque les gens sont pas aussi arrogants et aussi bizarres qu'ici.

J'suis revenu au parc en m'sentant comme un bon à rien.

Mais, quand on est rentrés à la pension avec l'Captain et qu'il a commencé à m'espliquer comment qu'on allait s'y prendre pour attraper les bandits, j'en ai presque oublié les Yankees et leur manque d'éducation.

Ça devenait vraiment excitant, cette affaire, surtout quand l'Captain m'a dit que la cheffe d'la bande, c'était une femme qu'avait perdu un œil, qu'elle portait un bandeau et qu'elle avait une grande cicatrice sur l'front et la joue !

J'étais tellement excité que j'en ai pas fermé l'œil d'la nuit.

La chasse aux voleurs

J'étais en nage.

J'arrêtais pas d'repasser mon rôle dans ma tête ; j'voulais faire les choses comme l'avait prévu le Captain. « Surtout, t'amuse pas à prendre des initiatives », qu'il m'avait dit. Il me l'avait suffisamment rabâché : si on faisait les choses dans l'ordre et si on suivait son plan, tout s'passerait bien.

On attendait dans l'impasse depuis une éternité quand il a enfin dit :

– Te retourne pas, mais c'est elle, là, avec un cabas au bras et une charlotte sur la tête.

Le Captain m'avait pris comme bouclier et s'cachait derrière moi pour que la femme le voit pas. Dès qu'elle a dépassé l'impasse, il m'a poussé en avant et j'me suis retrouvé sur l'trottoir, derrière elle.

J'ai suivi le plan : j'ai couru pour la dépasser de dix mètres et puis j'me suis retourné.

– Pardon, m'dame, vous savez ousque…

La femme et moi, on a poussé un cri d'surprise. J'ai cru que l'Captain s'était trompé car la femme avait bien un bandeau sur l'œil et une cicatrice sur la joue, mais c'était une femme de couleur ! Comment une femme qui ressemblait aux esclaves que j'voyais à Possum Moan pouvait être la cheffe d'un gang qu'avait dérobé quatre mille dollars à m'sieur Tanner ?

Avant que j'aie l'temps de vraiment réfléchir à la question, quèque chose chez moi a dû lui paraître louche pasqu'elle a serré son sac cont' sa poitrine et jeté un coup d'œil autour d'elle. J'ai repris :

– Vous savez ousqu'on peut trouver un…

Elle s'est retournée vers moi, et c'est à ce moment précis que l'Captain s'est glissé sans un bruit hors de l'impasse. J'ai sursauté en entendant un gros *clac* retentir dans l'dos d'la femme.

Le temps s'est mis à ralentir. La femme a sursauté, une petite brume rouge s'est soulevée dans son dos et est venue se déposer sur sa tête et ses épaules. Elle a ouvert la bouche et dit : « Oh ! »

Puis elle a titubé et m'est tombée dans les bras. J'en croyais pas mes yeux ! Le Captain m'avait jamais dit qu'il allait lui tirer dans le dos !

Je l'ai déposée par terre doucement et j'ai jeté un coup d'œil au Captain. Je savais qu'il était mauvais mais comment qu'on pouvait tirer une balle sur quèqu'un qu'a même pas un couteau en main ?

J'ai posé la femme de manière à m'trouver entre elle et l'Captain, en espérant de toutes mes forces que, vu que j'étais sur l'chemin, il allait se retenir de tirer de nouveau.

Je m'suis retourné vers l'Captain, mais là, il m'a pas fallu longtemps pour comprendre. C'était pas un pistolet que l'Captain tenait à la main; c'était le fouet en cuir qu'il gardait toujours enroulé autour du pommeau d'sa selle.

Le fouet s'étalait de tout son long, comme un serpent à sonnette qu'aurait juste mordu quèqu'un. Il avait fait l'même bruit qu'un p'tit pistolet.

Le cabas d'la femme était tombé par terre et s'était répandu pêle-mêle sur l'trottoir. Y avait des pommes, des blettes, quatre ou cinq boîtes de conserves, et un paquet qu'avait crevé, p'têt' ben d'la farine de maïs.

– T'as perdu la tête? m'a crié l'Captain. Écarte-toi d'elle ou tu vas tâter du fouet toi aussi.

La femme commençait à reprendre ses esprits. Elle s'est redressée et a aperçu le Captain.

– Surprise! Tu sais quoi, Lou? Ça fait dix ans qu'on s'est pas vus et j'suis au regret d'te dire que ces années t'ont pas réussi, ma chérie. T'as une mine terrible!

À quatre pattes sur l'trottoir, la femme a commencé à rassembler les choses qu'étaient tombées d'son sac.

– Pas la peine, Lou, a dit l'Captain.

La femme a recouvré la parole.

– Je m'appelle pas Lou, mais Eloïse.

Le Captain a ri.

– Eloïse, Lou, peu importe… Laisse donc Little Charlie ramasser tes affaires et viens un peu voir ici dans l'impasse. T'aimes bien les bijoux, pas vrai? J'le savais et c'est pour ça que je t'ai apporté un bracelet spécial. Viens un peu l'chercher.

La femme s'est relevée et est allée voir le Captain ; une grande entaille rouge lui barrait l'dos.

Mes mains tremblaient quand j'ai ramassé ses commissions ; j'les ai mises dans l'cabas et j'suis retourné dans l'impasse.

L'Captain lui avait déjà passé les fers aux pieds et aux mains. Il l'avait forcée à s'accroupir dos à nous, le visage contre le mur de l'impasse.

– Y a plus qu'à attendre. L'boucher a dit que, si elle était pas là à midi et demi, son homme allait penser qu'elle était retenue – c'est un peu l'cas, pas vrai, Lou ? ha ! ha ! – et qu'il irait la retrouver à la blanchisserie. On a un quart d'heure à attendre.

Le temps a recommencé à faire des siennes et l'quart d'heure du Captain a pas duré plus de quèques secondes.

Le Captain tournait l'dos à la rue mais arrêtait pas d'jeter des coups d'œil par-dessus son épaule vers la boutique où travaillait l'homme.

– Pile à l'heure !

Il est rentré dans l'impasse et m'a dit :

– À toi d'jouer, Little Charlie !

J'suis sorti dans la rue et j'ai vu l'aut' membre du gang. Un homme de couleur, un peu plus petit que Pa mais beaucoup plus large. Quand il est arrivé au niveau de l'impasse, j'ai dit :

– Pardon, m'sieur, vot' femme m'a dit qu'elle avait besoin d'aide.

Dès que j'ai ouvert la bouche, l'homme a écarquillé les yeux et écarté les narines.

Il s'est accroupi pour regarder dans l'impasse et il a vu la scène : d'la main gauche, le Captain tirait durement les cheveux d'la femme en arrière, et d'la main droite il lui avait braqué son pistolet sous l'menton.

– Tout doux, mon grand, réfléchis un peu, a dit l'Captain.

–Y t'a fait mal, Eloïse ?

– Nan, mon cœur, tout va bien. Y peut rien contre moi.

Le grand Noir a bien vu dans quel pétrin ils étaient et a compris qu'y avait rien à faire. Il s'est affaissé avec un p'tit gémissement.

– C'est ça, a dit l'Captain. Maintenant, mets-toi à genoux et viens ici.

L'homme a fait ce qu'il lui disait.

– Allonge-toi sur l'ventre.

L'homme s'est retrouvé à plat ventre sur le sol de l'impasse. L'Captain a lâché la femme et a plaqué son pied sur la tête de l'homme pour le maintenir au sol.

– Little Charlie, passe-moi les fers.

J'ai sorti les fers les plus gros du sac et j'les ai tendus au Captain.

– Bon, Cletus, tu connais ta droite et ta gauche ? Alors tu vas mettre ta main gauche tout doucement derrière ton dos.

L'homme l'a fait.

Le Captain a attrapé son bras. Il a placé l'fer autour du poignet de l'homme et l'a refermé d'un coup sec, puis il l'a serré jusqu'à ce que l'fer entre dans la peau noire, et fasse gonfler les veines de sa main comme des gros vers de terre.

– L'aut' main, mon gars.

Il a fait pareil de l'aut' côté.

– Lève ton pied gauche.

L'Captain lui a mis l'fer au pied.

– L'aut' maintenant.

L'homme à plat ventre était complètement enchaîné.

– Pousse-la plus loin dans l'impasse, m'a dit l'Captain.

J'ai emmené la femme au fond de l'impasse. L'Captain a déroulé son fouet et l'a fait claquer trois fois, en dessinant trois lignes parfaites sur l'dos de l'homme.

L'homme a sursauté chaque fois mais il a pas bronché.

Tout en tenant l'homme en joue avec son pistolet, l'Captain est venu dans l'coin où j'gardais la femme. Il a glissé sa main dans la poche de son tablier et il a ressorti quèques pièces et un vieux bout d'papier plié. Il l'a déplié et a ri.

– Regarde-moi ça, Little Charlie : y va falloir qu'on la relâche. D'après ces papiers, c'est son maître, un certain Robert Boylar, qui l'aurait libérée y a huit ans.

L'Captain a déchiré l'papier en p'tits morceaux.

– Tu crois tromper qui avec ça, Lou ?

Il a passé la main sur l'devant de sa robe et a arraché un médaillon qui pendait à son cou. Il l'a ouvert et a ri encore une fois.

– Eh ben ma foi ! Trois boucles de cheveux crépus. C'est-y pas mignon ?

Il a glissé l'médaillon et la chaîne dans sa poche. Il s'est baissé pour faire les poches de l'homme mais il a rien trouvé.

Puis il lui a donné un coup d'pied dans les côtes et il a dit :

– Debout, maintenant.

L'homme s'est relevé comme il a pu. Une fois debout, il dominait l'Captain de toute sa hauteur. D'un geste de son pistolet, l'Captain lui a fait signe de s'mettre en route.

On est sortis de l'impasse comme une procession. L'homme allait devant, suivi par l'Captain, puis venait la femme, et moi, j'fermais la marche.

– À gauche, vite, a dit l'Captain à l'homme.

Y avait pas grand monde dans la rue, mais tous ceux qu'on croisait, Noirs ou Blancs, nous jetaient des regards étonnés qui devenaient mauvais au bout d'une seconde ou deux. Mais personne a rien dit ni levé le p'tit doigt pour nous arrêter.

On s'est dirigés vers la prison. Je priais pour qu'on nous remarque pas, mais comment ne pas remarquer deux nègres en sang suivis d'un jeune Blanc à l'air apeuré, et poussés par un vieux tout sale et nerveux, avec des cheveux filasse ?

Pour tout arranger, la cheffe du groupe des voleurs avait pas l'intention d'se taire. Visiblement, l'avait des choses à dire et l'était pas prête de s'arrêter. Elle a lancé à l'homme enchaîné :

– On l'savait, mon chéri, mon tendre. On l'savait. Y a pas eu une seconde au cours de ces neuf années et demi sans qu'on s'attende à c'que ça arrive. On a eu près d'dix ans pour s'y préparer, alors c'est pas une surprise. On savait qu'ça arriverait. On savait que tout ça finirait un jour. Mais Chester, mon cœur, chaque jour qui passait sans qu'ça s'produise, c'était Noël pour nous, peu importe le mois.

– Ferme-la, Lou, a dit l'Captain.

Mais elle s'en fichait pas mal du Captain.

– Je savais que tôt ou tard en traversant la rue ou en ouvrant une porte ou en vaquant juste à mes affaires, j'allais tomber sur l'Captain qui m'attendrait, l'Captain ou une aut' ordure du même acabit.

– Lou, a sifflé l'Captain, si tu la fermes pas maintenant, tu vas l'payer cher, j'te l'promets !

Elle a ri.

– Qu'est-ce que vous allez faire ? Vous allez quand même pas abîmer la marchandise de maître Tanner, pas vrai ? Tirez-moi dessus, je m'en fous.

Elle a continué à parler.

– Mais Chester, ces neuf ans et demi ont été de vraies belles années, des années auxquelles on avait pas droit mais qu'on a eues quand même. J'te l'dis tous les jours, mon cœur, mais ça suffit pas : t'es l'homme le meilleur de la terre, t'es la personne la plus forte, la plus douce, la plus gentille que j'connaisse et tu sais combien je t'aime, mon amour.

– Lou ! Boucle-la tout d'suite !

– Je m'appelle Eloïse. Eloïse Demarest. Et c'bel homme est mon époux. Monsieur Demarest, ne baisse pas la tête, mon chéri, même pas une minute. On a eu toutes ces années d'bonheur, qu'on a volées aux Tanner ! Et ça, y a pas moyen qu'ils les récupèrent.

Le Captain s'est retourné et lui a mis un coup dans l'visage. Elle a craché du sang et a continué :

– Rappelle-toi seulement, mon cœur, mon amour, que maintenant, pour nous, c'est fini. Not' temps est terminé, not' heure a sonné, mais on a fait ce qu'on avait à faire sur cette terre. Et on disparaîtra pas, vu qu'on a trois rejetons qui vont nous survivre.

J'crois que personne a jamais été aussi content d'voir une prison que moi quand on a fini par apercevoir celle de Detroit au détour d'une rue.

Mais c'était pas fini ; depuis l'aut' côté d'la rue, une femme de couleur a lancé :

– T'inquiète pas, Eloïse, j'sais c'que j'dois faire. Il leur arrivera rien.

Puis elle a fondu en larmes et elle est partie en courant par là ousqu'on était venus.

J'ai regardé l'Captain.

– T'en fais pas. Elle sera pas encore arrivée que ces deux-là seront déjà à l'ombre dans leur cellule.

Quand on est rentrés à la pension, j'me sentais aussi sale que si j'avais fait un mois d'route derrière le Captain. Et tout l'savon que j'ai pu utiliser a servi à rien. J'ai dû mordre fort dans mon gant d'toilette pour que l'Captain m'entende pas pleurer.

Des sauvages

Le Captain était d'mauvaise humeur; j'avais dormi tard comme jamais et il m'a réveillé en donnant des coups d'pied dans le mur. L'était déjà sorti pour aller repérer l'endroit ousque les jumelles devaient s'trouver, et il s'agissait d'une cordonnerie tenue par un Blanc qui savait rien à leur sujet. Quant à l'homme d'la boucherie qui avait estorqué cinquante dollars au Captain, il avait quitté son boulot et mis les bouts pour le diable Vauvert.

On est allés voir la maison où étaient censés vivre les esclaves qu'on avait attrapés dans la rue. L'Captain a frappé et personne a répondu. La porte était pas épaisse, il l'a fait sauter d'un coup d'épaule. Une fois à l'intérieur, il a posé son fusil à canon scié près d'la porte et a jeté un coup d'œil tout autour de lui.

L'intérieur d'la maison m'a surpris, on aurait jamais dit un endroit où vivent des esclaves depuis dix ans. C'était une grande pièce divisée en plusieurs parties. Et c'était propre. Y avait un coin pour faire à manger et prendre les repas, avec une vieille cuisinière et un tas d'bois, un coin pour dormir, fermé par un rideau, un aut' coin avec une table et une bouteille d'encre dessus, et encore un coin avec des briques et des planches ousqu'était rangée une quinzaine ou une vingtaine de livres.

Toute la pièce avait été astiquée, ça brillait.

Z'avaient pas beaucoup d'meubles, et ceux qu'ils avaient valaient pas ceux qu'on aurait pu construire avec Pa, mais c'était quand même du solide.

Y avait une table pour manger, quatre chaises – mais pas deux pareilles –, un bureau, et deux chaises bizarres, trop grandes pour être des jouets mais trop p'tites pour servir à des vraies personnes.

Y avait aussi un grand buffet avec des pots et des bocaux de conserves bien empilés sur les étagères. Près d'la cheminée, y avait une aut' table, plus p'tite, avec des tiroirs sur l'côté et un long tiroir sur l'dessus.

– Faut qu'on fasse vite, a dit l'Captain. Si on a d'la chance, on trouvera une piste qui nous mènera au garçon.

Et il s'est mis à chercher mais d'une façon qui m'a fait presque honte. Plutôt que de chercher une piste, on aurait dit qu'il avait surtout envie d'tout casser.

Il a pris tous les pots et les bocaux, a regardé ce qu'il y avait dedans, les a vidés puis les a jetés par terre.

Il a vérifié chaque bouteille et chaque boîte, et les a vidées sur la pile de vaisselle cassée. Avec ses pieds, il a réduit toutes les chaises en morceaux. Tous les balais, il les a cassés en deux. La seule chose qu'il a pas pu casser, c'était la table.

Avec les quèques livres qu'y avait là, il y est allé encore

plus fort, arrachant les pages et faisant des boules de papier qu'il a lancées sur l'tas au milieu d'la pièce.

En prenant l'dernier livre, une Bible, il a eu un p'tit ricanement puis il l'a remis en place.

Il a même éventré leur matelas et jeté tout l'coton qu'il y avait à l'intérieur sur l'tas qui grandissait au milieu d'la pièce.

L'Captain avait beau faire un raffut de tous les diables, les coups qu'ont retenti soudain à la porte d'la maison ont été encore plus forts. J'ai failli sauter au plafond en entendant :

– Chester, Eloïse, tout va bien ?

Le Captain est allé vite fait vers la porte et a ramassé son fusil, puis il a mis la main dans la poche d'son manteau et m'a lancé son pistolet, au lieu de celui de Pa.

Il m'a dit à voix basse :

– Mets-toi là, de côté, et si y en a qu'un seul, vise la tête. Si y en a deux, vise la tête du deuxième. Mais tire pas tant que je t'ai pas dit d'le faire.

Puis il a fermé les yeux et secoué la tête :

– Je prie le p'tit Jésus que vous soyez pas tous aussi mauvais tireurs dans la famille Bobo. Si tu vises comme ta mère, j'suis cuit. Et toi aussi.

Mon cœur battait très fort sous mes côtes, mais ça m'a pas empêché d'rougir.

– Maintenant, regarde bien comment que j'fais. D'abord, faut prendre le contrôle de la situation dès l'départ, faut crier fort et montrer que c'est toi le plus cinglé d'la bande et que t'as rien à perdre. Regarde bien comment que j'vais leur jeter un sort et pas les laisser s'en tirer comme ça.

Les coups ont recommencé.

– Eloïse ? Chester ?

L'Captain a ouvert d'un grand coup la porte qu'a failli sortir d'ses gonds et s'est mis à hurler :

– Qui c'est qu'a l'cran d'me déranger pendant que j'fais œuvre légale ?

Y avait trois hommes de couleur devant la porte. Et pas loin d'là, une table devait s'retrouver bancale sur une patte pasqu'ils avaient pris les trois aut' pieds pour s'en servir comme de gourdins.

– Nom d'un..., a dit l'Captain et il a braqué son fusil sur eux.

Tous les trois en même temps, ils ont lâché leurs pieds d'table, et ils ont levé les mains devant eux en criant : « Holà ! Holà ! Holà ! » On aurait dit qu'ils voulaient arrêter un chariot qui dégringole une pente.

Le Captain a continué à hurler :

– Vous croyez vraiment qu'une bande de nègres comme vous va empêcher un Blanc d'faire œuvre légale ?

Les « Holà ! » continuaient à fuser.

L'Captain a retourné l'col de son manteau pour montrer son insigne de chasseur d'esclaves.

– Y en a un qui sait lire, ici ?

Çui qui était devant commençait à secouer l'sort que l'Captain leur avait jeté. Il a dit, d'un ton arrogant, en regardant l'Captain dans les yeux :

– On sait tous lire, et vous ?

L'Captain l'a ignoré et a poursuivi :

– Alors vous pouvez voir que moi et mon associé on est ici en mission officielle.

Il m'a montré d'un p'tit coup d'tête.

– Et on peut tuer çui qui nous empêchera d'ezécuter la mission que Dieu nous a confiée. Cet insigne nous donne ce droit-là.

Les trois hommes ont regardé dans ma direction et, me voyant pour la première fois, ont lancé un nouveau chœur de « Holà ! » et reculé d'un pas.

– Si c'que j'fais vous pose un problème, on peut aller voir mon cousin, l'shérif Turner, et y vous mettra les points sur les « i ». Ou si vous voulez j'peux vous éclater la tête moi-même.

– Faites pas d'bêtises, a dit l'un des hommes. Venez les gars, on va voir Gina.

Ils sont partis à reculons, tout doucement.

Le Captain a refermé la porte du mieux qu'il pouvait et a dit :

– Faut faire vite maintenant. L'courage des gens a tendance à augmenter quand ils ont plus d'fusil pointé sur eux. Qui sait ce qu'ils nous préparent ? Garde ton pistolet à la main.

J'ai dit au Captain :

– Y a pas d'endroit assez grand ici pour cacher quatre mille dollars ; ils ont p'têt' déjà tout dépensé ?

Le Captain m'a regardé comme si j'étais débile.

– Dépensé ? De quoi tu parles ?

– Mais c'est pas pour ça qu'on les recherche, pasqu'ils ont volé de l'argent à m'sieur Tanner ?

Le Captain a secoué la tête.

– Non, idiot, ils ont pas volé d'argent, c'est eux qui valaient quatre mille dollars quand ils ont pris la fuite, y a dix ans. Ils s'sont volés eux-mêmes.

Comment peut-on se voler...

– Arrête de m'déranger pendant que j'travaille, maintenant. Garde les yeux sur la porte.

Et il s'est remis à démolir la maison.

Il s'est attaqué à la table à tiroirs près d'la cheminée ; à mon avis, s'il cherchait vraiment des indices, c'est par là qu'il aurait dû commencer.

Dès qu'il a ouvert l'tiroir du dessous, un sourire est apparu sur son visage. Il en a sorti un tas d'enveloppes attaché par un ruban bleu. Il en a ouvert une, a sorti la lettre qu'était dedans, et s'est mis à lire. Au fur et à mesure qu'il lisait, son sourire s'élargissait.

Il a embrassé la lettre et m'a dit :

– Tu sais c'que c'est, ça ?

– Oui, m'sieur, c'est une enveloppe.

Son sourire a disparu.

– Bien sûr que c'est une enveloppe, abruti. Mais c'est aussi autre chose. C'est la preuve que tu dois apprendre à lire. Si t'étais venu ici tout seul, ça serait la fin de l'aventure pour toi. Tu rentrerais chez m'sieur Tanner avec juste les deux nègres qui sont au trou. Mais si t'avais pas perdu ta jeunesse à courir pieds nus après les lapins et les oppossums et que t'avais appris à lire, tu saurais que ces lettres-là sont la clé pour récupérer encore quinze cents dollars. Not' troisième fuyard, qui s'fait appeler Sylvanus, a été pris dans une école de l'aut' côté du fleuve, dans une ville qui s'appelle… (Il a jeté un œil à l'enveloppe.)… Saint Catharines.

Il a continué à lire puis a ri.

– Écoute-moi ça: «Je continue à obtenir de bons résultats à l'école et suis premier de ma classe en calcul et en grec. En littérature et en latin je ne suis que deuxième mais je fais tout mon possible pour progresser.» C'est pas l'summum, ça? M'dis pas qu'un garçon blanc et libre comme toi, dans nos États-Unis d'Amérique, s'sent pas piteux de pas même savoir lire son nom, quand un nègre, qui doit avoir ton âge, fait du grec? Ça t'énerve pas?

P'têt' ben qu'ce garçon pouvait faire du grec, même si j'savais pas c'que c'était, mais est-ce qu'il savait faire quèque chose d'utile? Une fois, Pa m'avait dit que j'étais l'seul garçon d'douze ans au monde capable de labourer un champ avec une paire de mules pendant douze heures.

L'était capable d'faire ça, ce garçon d'couleur? Et d'abord, j'sais lire mon nom quand j'le vois.

L'Captain a retourné la lettre et a continué à lire.

– Écoute ça: «Mon plus grand rêve et mon plus grand désir est de pouvoir un jour rentrer à la maison et tenir dans mes bras les parents les meilleurs et les plus aimants qu'un fils puisse souhaiter. Embrassez mes sœurs de ma part et dites-leur qu'elles sont constamment dans mes prières. Respectueusement, votre fils obéissant, Sylvanus.» Oh oh, qu'est-ce que c'est bien écrit! J'me demande qui c'est qui l'a aidé.

Il a remis la lettre dans l'enveloppe, l'a glissée avec les aut' dans le paquet au ruban bleu qu'il m'a lancé.

– Mets ça d'côté. Je lirai l'reste quand on rentrera à l'auberge. P'têt' que notre grand écrivain nous dira ousque sont les jumelles.

Les enveloppes étaient toutes du même papier grossier, mais l'écriture était très jolie et bien prop'. Z'avaient toutes le même timbre.

La voix du Captain m'a fait sursauter :

– Qu'est-ce que j'te disais, mon gars ? On fait l'travail prescrit par l'Seigneur et du même coup on va exaucer les vœux du p'tit nègre pasque dans pas longtemps il va retrouver les bras aimants d'sa maman.

» Bon, maintenant on sort d'ici avant d'voir débarquer d'aut' fâcheux.

Juste avant d'partir, l'Captain est allé prendre la Bible sur l'étagère.

Il l'a ouverte : y avait plein d'choses écrites sur les premières pages. Il a lu un peu puis il a arraché les pages et les a déchirées en mille morceaux qu'il a jetés par terre. Il a fait pareil avec les choses écrites à la fin du livre.

Puis il a reposé la Bible sur la table.

– Bande de sauvages.

Il a craché sur l'tas d'affaires cassées au milieu d'la pièce.

– Va voir dans la rue si ces nègres nous attendent pas au coin.

J'ai pris le pistolet et ouvert la porte défoncée. En retenant mon souffle, j'suis sorti sur l'trottoir. Y avait personne.

– Y a personne ! que j'ai dit.

Le Captain est sorti avec le fusil dans une main et l'pistolet de Pa dans l'autre.

– On va retourner à la prison. Faut que j'cause avec Lou.

Quand on est arrivés là-bas, l'Captain s'est dirigé tout droit vers la cellule où était la femme. Elle avait très mauvaise mine ; l'avait pas dû dormir d'la nuit.

Le Captain a approché une chaise des barreaux.

– Dis-moi, Lou, ousqu'il est c'garçon que vous avez emmené dans vot' fuite ?

– Il est mort de variole ça va faire quatre ans.

L'Captain a souri.

– Vraiment ?

Elle a pas répondu.

– À ce qui paraît, t'as eu une paire de jumelles y a un an ou deux. Ousqu'elles sont ?

– Elles sont mortes d'la scarlatine y a trois mois.

– Oh, mais j'vais m'éloigner d'toi, ma parole ! On dirait qu'tu trimballes toutes les maladies d'la terre…

– C'est à cause d'la bonne nourriture que le maître nous donnait à manger.

– Toujours la langue bien pendue, hein, Lou ? Dis-moi ousque sont tes filles.

– Vous avez l'air d'être au courant ; pourquoi qu'vous allez pas les chercher vous-même ?

– C'est zactement ce qu'on va faire, dès qu'on aura rendu une p'tite visite à une école de Saint Catharines, au Canada. J'ai rendez-vous avec un jeune homme qui répond au nom de Sylvanus Demarest.

Ça l'a secouée, c'était clair; son visage a pas bronché mais sa voix tremblait quand elle a répondu:

– Faites c'que vous voulez.

– D'toute façon, t'es pas vraiment en position de m'dire ce que j'dois faire, pas vrai?

– Vu l'odeur qui m'arrive dans les narines, j'suis dans une position ousque j'aimerais mieux pas être.

J'ai senti mon estomac se nouer. J'voyais bien que l'Captain, ça l'démangeait d'la frapper, et j'me suis dit que j'allais pas supporter ça une troisième fois.

Il l'a regardée d'un air dur, puis il s'est mis à sourire lentement.

– T'inquiète pas, ma fille, j'vais faire zactement c'que j'veux, comme tu dis. Ça va pas prendre longtemps au Canada, et dès que j'aurai mis la main sur ton singe savant de fils, on va discuter un peu tous les trois. Et quand on aura terminé, faudra écrire un nouveau chapitre d'la Bible! J'espère que Lazare voudra bien partager un peu d'sa gloire avec vous, pasque ça fait pas un pli que, quand on aura fini d'causer, tes deux gamines mortes vont ressusciter, elles vont s'débarrasser d'leur scarlatine, sortir d'leurs tombes fraîches comme des roses, et alléluia! Quel miracle d'voir toute la famille réunie pour rentrer au pays!

Pour la première fois depuis qu'on l'avait attrapée dans la rue, la femme a eu l'air inquiète et abattue.

– Si t'avais pas mis bas deux belles femelles pour m'sieur Tanner, je t'emmènerais dans l'impasse derrière la prison et j'te trancherais la gorge illico. Mais l'maître va être content de ces bonnes surprises. Qui sait : t'as l'air vieille et fatiguée mais p'têt' qu'tu peux encore lui donner quèques pondeuses ?

Elle a gardé sa langue dans sa bouche. L'Captain a passé sa main derrière son oreille et a dit :

– Quoi ? Parle plus fort, Lou, j'entends pas. C'est bien ce que j'pensais. Fini les insolences, Lou ; la justice est enfin sortie d'son long sommeil et m'sieur Tanner va récupérer son dû.

En route pour le Canada

L'Captain a dit au shérif de Detroit :

– On a des raisons d'penser que l'garçon a filé au Canada. Vous pouvez m'mettre au jus de comment qu'ça s'passe là-haut pour l'récupérer ?

Le shérif a sifflé longuement :

– Monsieur, j'vous souhaite beaucoup d'chance pour l'ramener. Z'allez en avoir besoin.

– Pourquoi ?

– C'est une histoire bien différente, de l'aut' côté d'la rivière. Y a des Blancs là-haut qui sont absolument contre le fait d'laisser repartir le moindre nègre. Et quant aux fuyards... Vous verrez par vous-mêmes. Des gens du pays m'ont raconté qu'y a pas d'mots pour décrire ce qu'arrive aux nègres quand y s'mettent dans la tête qu'ils sont libres. J'vous déconseille d'y aller, messieurs. Vous serez comme des poissons hors de l'eau. Vous connaissez cette devinette, non ? Comment qu'on appelle un Yankee dans un marécage de Caroline du Sud ?

– Non ?

– D'la bouffe pour alligator.

L'Captain n'a pas ri.

– Vous serez pareillement déplacés et aussi perdus qu'lui au Canada.

– J'vous remercie de m'prévenir, a dit l'Captain, mais c'est ma réputation qu'est en jeu ici et j'partirai pas tant que j'aurai pas vu par moi-même que c'est impossible de ramener c'garçon.

– Eh bien, messieurs, a repris l'shérif, il y a une chose à faire si vous insistez pour y aller quand même, et c'est... je voudrais pas être désagréable mais va falloir vous... vous rafraîchir un tantinet.

Le Captain a eu l'culot d'faire comme s'il comprenait pas de quoi parlait l'shérif. J'en croyais pas mes yeux.

– Qu'est-ce que vous voulez dire ?

– Écoutez, a repris l'shérif, j'sais bien qu'vous avez été sur la route pendant longtemps et z'avez pas eu la possibilité d'vous laver. Tout c'que j'peux vous dire, c'est qu'aller au Canada tels qu'vous êtes maintenant, ce serait comme vous attacher deux pancartes autour du cou. Sur celle de devant, y aurait marqué : « Chasseurs d'esclaves américains », et sur celle du dos, c'est pas la peine d'écrire quoi que ce soit. Suffit de dessiner une cible. Même si vous retiriez votre insigne de chasseur d'esclaves, les Canadiens vous repéreraient dix secondes après vot' descente du ferry.

L'Captain commençait à piger c'que l'homme voulait dire et avait pas l'air de trop apprécier. L'avait le regard fixe.

– Et j'imagine qu'vous êtes venus pleins aux as, pas vrai ?

– Si j'continue à vous écouter, a déclaré l'Captain, c'est seulement pasque vous êtes du pays et que z'avez eu la bonté d'garder mes fuyards au frais. Mais vous commencez à mett' un peu trop vot' nez dans mes affaires à mon goût…

– Pas du tout, m'sieur, a répondu l'shérif. J'voudrais juste éviter qu'vous alliez vous faire trouer la peau au Canada. Mais si j'me mêle de c'qui m'regarde pas, dans ce cas j'vais vous demander d'la boucler et d'repartir sur-le-champ.

L'Captain a réfléchi une seconde, a fait un p'tit sourire et a dit :

– 'Scusez-moi, m'sieur. C'est juste que j'suis pas encore habitué aux manières d'ici ; les choses sont tellement différentes que ça doit m'rendre un peu chatouilleux. Mais j'vous remercie pour votre aide.

– J'vous en prie, m'sieur. Ravi d'pouvoir être utile à des compatriotes.

– Pour répondre à vot' question, toutes nos dépenses sont pourvues et on a d'quoi voir venir pour toutes les surprises qui pourraient s'présenter en chemin. Je m'en remets à vous : qu'est-ce que vous m'conseillez, m'sieur ?

– Quand c'est qu'vous comptez partir ?

– L'plus vite possible.

– J'vous conseillerais d'patienter trois, quat' jours avant d'y aller.

– Pourquoi donc ?

– Z'avez trois choses à faire, et pour les faire bien, faut prendre vot' temps.

L'Captain a pas bronché.

– Premièrement, dès qu'vous sortez d'ici, allez chez le barbier Roma d'Erie Street. Demandez à voir l'patron, un certain Claudio Visseli. Dites-y que c'est moi qui vous envoie et qu'vous voulez une coupe de gentleman.

– Une-coupe-de-gentleman.

– Va falloir dire adieu à vot' barbe et à vos favoris. Quant à vot' moustache, sûr qu'elle est impressionnante mais va falloir la dompter un peu aussi. Laissez faire Claudio. S'agit d'vous débarrasser d'vot' côté Caroline du Sud et, même si ça vous débecte, d'faire de vous de vrais messieurs du Nord.

– Ça prendra pas trois jours, a dit l'Captain.

– C'est rien qu'le début, a répondu l'shérif. Une fois que Claudio en aura fini avec vous, traversez la rue et prenez une chambre avec baignoire à l'Hôtel National sur Woodward Street.

– Une-chambre-avec-baignoire.

– Va falloir tremper un bon moment. Profitez-en pour vous reposer : faut vous débarrasser des fatigues d'la route. Z'aurez l'air moins rustiques et… et moins péquenots après deux jours de repos.

» Après vous être bien décrassés, allez dans la boutique de Roderick Rowser – c'est un tailleur – et dites-y qu'vous voulez vous faire faire un costume. Et radinez pas sur la marchandise. Dites-y que vous venez d'ma part et il vous fera ça pour le lendemain.

» C'la dit, on aura beau vous récurer, vous allez pas faire illusion longtemps ; dès qu'vous ouvrirez la bouche, y a la Caroline du Sud qui va débouler, et dès qu'les Canadiens auront entendu vot' accent, vous serez cuits, y a plus personne qui voudra vous filer un coup d'main. S'agit juste d'passer inaperçus au premier coup d'œil, en espérant que ça fasse la blague. Z'aviez prévu d'emporter un troisième cheval pour ramener vot' cargaison ?

– Oui, m'sieur, c'est c'que j'avais prévu.

– Je m'y prendrais autrement. La seule façon d'vous approcher d'ce garçon sans déclencher toutes sortes d'alarmes, c'est d'vous faire passer pour quèqu'un d'aut'...

Ouvrant la bouche pour la première fois depuis not' arrivée, l'homme du nom de Keegan a dit, avec un p'tit sourire en biais :

– Quèqu'un d'civilisé, par exemple ?

L'Captain, ça l'a pas fait rire.

– Ce garçon que vous recherchez, a repris l'shérif, l'est pas dans un endroit qui s'appelle Buxton, non ?

– J'suis pas sûr. Il va à l'école à Saint Catharines.

– Très bien. Si c'était Buxton, faudrait laisser tomber, mais Saint Catharines, c'est pas loin des chutes du Niagara ; y a des trains tout l'temps, et les nègres y sont pas aussi déplaisants qu'à Buxton. Donc, si c'était moi, j'mettrais mes chevaux en pension ici, j'prendrais l'ferry pour traverser, puis l'train pour aller faire c'que vous avez à faire afin d'récupérer ce garçon. Faudra pas emporter de fouet ni de sacs avec des chaînes ou des fers dedans. Les choses sont devenues un peu délicates pour les chasseurs qui font la traversée, et va falloir donner l'change.

L'Captain avait pas l'air content.

– Ça va être plus dur que j'pensais, il a dit.

– Faut être prévenu : sur dix chasseurs d'esclaves qui s'rendent au Canada, y en a cinq qui reviennent sur les rotules, quat' dont on entend plus jamais parler, et seulement un qui revient avec un nègre. Et en ce qui concerne les quat' qui disparaissent, c'est pas pasque l'climat du Canada leur aurait paru enchanteur et qu'ils auraient décidé d'se mettre à y cultiver les tournesols pour le restant d'leurs jours. C'est plutôt qu'ils sont en train d'servir d'engrais aux tournesols, si vous voyez c'que j'veux dire. Z'avez pas d'papiers sur vous pour montrer qu'il est à vous ? Ça pourrait aider.

L'Captain a grogné :

– J'pensais pas que j'en aurais besoin. Qu'est-ce que vous en dites, vaut mieux l'attraper pendant la nuit et attendre le p'tit matin pour voyager ?

– C'est une possibilité, a dit l'shérif, mais ça va poser un tas d'aut' problèmes. Les routes sont pleines de gens qui voudront vous empêcher d'mener à bien vot' mission.

Le Captain a secoué la tête.

– La meilleure chose à faire, et c'est c'que j'ferais si c'était moi qui recherchais quèqu'un, c'est d'lui tendre un piège pour qu'il vienne à Windsor de son propre chef. Une fois à Windsor, ça sera rien du tout d'lui faire traverser l'fleuve.

– Écoutez, a dit l'Captain, j'sais qu'vous êtes très occupé mais j'serais prêt à vous payer grassement deux jours de vot' temps pour que vous veniez avec nous.

– Tout dépend, a dit l'shérif en souriant, c'que vous appelez « payer grassement ».

– Cinq cents dollars si on l'attrape. J'pense que vot' espertise les vaut largement.

J'en croyais pas mes oreilles. Et encore moins quand j'ai entendu l'shérif répondre avec un rire :

– J'le ferais pas pour le double, m'sieur. J'ai plus qu'un an et demi à tirer avant d'rentrer au pays et je cherche plus l'aventure. Sûr que j'saurais quoi faire de cet argent mais l'jeu en vaut pas la chandelle. C'est vraiment généreux de vot' part, mais va falloir que j'refuse.

– Merci pour vos conseils, alors, a repris l'Captain. J'en ai encore jamais laissé échapper aucun. Ces trois-là sont la seule tache sur ma réputation et j'compte bien m'en débarrasser.

Le grand nettoyage

Ça discutait et ça rigolait ferme chez l'barbier quand on y est entrés. À la vue du Captain, leur a fallu moins d'une seconde pour s'taire.

On a trouvé deux sièges et on s'est assis.

Accrochés au mur, derrière l'barbier, y avait tout un tas d'lames, d'rasoirs et d'couteaux qu'avaient l'air bien affûtés et bien dangereux. Mais l'Captain s'en fichait pas mal ; maintenant que j'le connais un peu, j'suis sûr qu'il s'disait que les gens lui avaient manqué d'respect en s'arrêtant d'parler quand l'était entré. Et qu'il allait leur rendre la monnaie d'leur pièce.

Moi, j'voyais pas les choses comme ça. Avec tous ces outils tranchants, ces rasoirs en acier bien aiguisés, ces lames qu'auraient pu couper un poil d'vos sourcils en deux et tous ces ciseaux bizarres et pointus, mieux valait ménager un peu l'humeur du patron. Si vous avez un brin d'jugeotte, vous voyez bien qu'il faut pas énerver la personne qui va manier tous ces outils tranchants près d'vot' gorge ou d'vos lèvres. Un faux mouvement et vot' oreille peut s'retrouver par terre, sur l'sol d'la boutique, au beau milieu des cheveux coupés, des mégots d'cigares et du jus d'chique.

Pour ma part, si jamais l'barbier m'coupait l'oreille, j'la laisserais par terre. J'attraperais une des serviettes blanches qui traînent par là, j'la plaquerais sur le côté d'ma tête, et j'ferais comme si de rien n'était pour pas risquer d'me faire couper aut' chose.

Mais l'Captain avait l'air de voir les choses autrement, et dès que l'barbier nous a dit: «Bonjour, messieurs, et bienvenue», il s'est mis à râler et à dire du mal de tout, assez fort pour que tout l'monde, barbier compris, l'entende.

– Quinze cents la coupe de cheveux? Dix cents la barbe? Tu sais quoi, Little Charlie Bobo? Quand ça sera l'moment d'payer, donne ton flingue au barbier pour qu'il m'menace avec, comme ça on pourra dire que c'est du vol en bonne et due forme.

Après avoir insulté l'barbier, l'a trouvé quèque chose à dire à chaque personne qui s'trouvait devant nous.

À un homme, il a dit: «Z'avez beau avoir l'air d'un crétin, si j'étais vous, j'payerais pas plus qu'la moitié du prix.»

À un autre, il a dit: «Z'avez à peine neuf cheveux sur l'crâne. Donnez-moi une paire de ciseaux et j'vous fais ça en cinq minutes pour juste un nickel.»

L'barbier et tous les gens qui attendaient pour s'faire coiffer en ont pris pour leur grade. Quand ç'a été not' tour, il a dit:

– Vas-y l'premier, Little Charlie, j'veux voir c'que ça donne.

J'espérais que l'Captain sortirait un instant pour pouvoir

dire au barbier que j'avais rien à voir avec toutes les bêtises qu'il débitait, mais la malchance des Bobo m'a encore joué des tours et l'Captain n'a pas bougé.

J'ai grimpé dans l'fauteuil, et l'barbier m'a fait pencher la tête en arrière jusqu'à ce qu'elle repose sur un morceau de bois avec une drôle de forme. De là, j'avais les yeux braqués sur l'plafond en métal d'la boutique.

– Que puis-je faire pour vous ?

– C'est l'shérif qui nous envoie, a répondu l'Captain. Y dit qu'y nous faut une coupe de gentleman.

– Très bien, voyons un peu à quoi j'ai affaire.

Il a retiré mon chapeau et lancé :

– Ah, mais t'es un gosse !

– J'ai douze ans, m'sieur.

– Eh ben dis donc, t'es grand pour ton âge…

– Oui, m'sieur.

Il a commencé à m'couper les cheveux.

Quand il a eu terminé, l'barbier m'a tendu un miroir à main et a fait pivoter l'fauteuil pour que j'voie l'arrière d'ma tête. C'est pas pour me vanter, mais j'vous jure que j'avais jamais vu un plus beau garçon de toute ma vie ! J'arrivais pas à décoller les yeux du miroir. Tout était net, propre, brillant.

J'étais si fier de c'que l'barbier m'avait fait que j'lui ai serré la main bien fort. Je l'aurais bien serré dans mes bras aussi, mais quand j'ai vu la tête du Captain j'ai compris qu'il valait mieux pas.

Alors j'ai juste dit :

– J'vous remercie beaucoup, m'sieur.

Il a retiré l'drap qui me recouvrait et s'est servi d'sa brosse pour enlever les cheveux qu'étaient tombés sur le fauteuil.

Puis il a regardé le Captain et lui a dit :

– Monsieur...

L'Captain a accroché son manteau à un poteau qu'avait des crochets. Il a fait en sorte que tout l'monde le voit bien retirer son arme et la glisser dans sa ceinture avant de s'asseoir.

– Une coupe de gentleman ? a demandé l'barbier.

L'Captain, très silencieux tout à coup, a juste fait oui d'la tête.

– Voyons un peu ce qui nous attend, a dit l'barbier en voulant ôter l'chapeau du Captain, mais l'chapeau était tellement coincé qu'il a fallu lui tirer dessus avec force pour qu'il accepte de bouger.

Une fois que l'chapeau est parti et que j'ai vu ce qu'il cachait en dessous, j'ai compris que j'vivais avec cet homme nuit et jour depuis trois semaines et que je l'avais pas encore vu une seule fois retirer son couvre-chef. Même pas la nuit ousque je l'avais surpris en train d'prendre son espèce de bain dans la rivière.

Le sommet d'son crâne était totalement chauve ! Le vilain fouillis de cheveux filasse et sales qui s'trouvait en dessous, au niveau des oreilles donnait l'impression qu'il portait un p'tit manteau d'fourrure pour crâne.

Mais c'était pas l'pire : au niveau du front, sa peau passait d'un coup de brune comme celle d'un esclave à tellement blanche qu'ça faisait mal aux yeux. On aurait dit qu'une poule énorme lui avait pondu un œuf sur l'sommet du crâne avant de s'envoler.

L'aut' truc bizarre, c'est que la partie brune d'sa peau était ridée, creusée, marquée comme une vieille selle de cent ans, tandis que la partie blanche était lisse comme le derrière d'un bébé.

C'était la chose la plus étrange que j'avais jamais vue.

Avec toutes les vacheries que l'Captain avait distribuées sans raison aux gens qui s'trouvaient dans la boutique, on aurait pu s'attendre à ce qu'ils lui rendent la pareille en découvrant ce qu'il gardait caché sous son chapeau, pasqu'y avait pas besoin de beaucoup d'imagination pour y trouver des tas d'noms d'oiseaux. Mais cet œuf installé sur le sommet d'sa tête le rendait juste encore plus effrayant et plus bizarre qu'avant. Les gens l'ont regardé avec des yeux qui leur sortaient d'la tête mais personne a moufté.

– Monsieur, a dit l'barbier, je ne pourrai rien faire avec ces cheveux sans les laver d'abord.

– Eh ben, lavez-les.

– Il vous en coûtera dix cents de plus.

– Comment que vous voulez que j'le sache ? Allez-y, lavez.

L'barbier a fait reposer la tête du Captain en arrière et a placé une grande bassine dessous. Il a rempli la bassine d'eau, a fait tremper l'arrière d'son crâne dedans, puis a versé encore de l'eau avec un broc et a commencé à lui savonner les cheveux. Le savon est passé de blanc et mousseux à noir et graisseux en deux secondes. L'barbier lui a rincé les cheveux et a remis ça trois fois avant que l'eau d'rinçage sorte claire.

Après avoir séché les cheveux du Captain, il s'est mis à les couper. Quand il a terminé, on aurait dit qu'la tête du

Captain avait retiré son manteau d'fourrure et qu'elle avait enfilé une petite veste. Mais au moins, l'avait l'air propre.

Puis l'barbier a pris une paire des ciseaux pointus et assassins pour tailler la barbe et les favoris du Captain. Au moment où il s'approchait d'la moustache buissonnante, l'Captain lui a saisi l'bras.

– Qu'est-ce vous faites ?

– Vous avez dit que vous vouliez une coupe de gentleman… Cela exclut la barbe et la moustache.

L'Captain a réfléchi une seconde, puis a relâché l'bras du barbier.

– Vous pouvez la tailler mais la rasez pas complètement.

Quand l'barbier a fini de couper, et tailler et raser l'Captain, il lui a tendu le miroir à main. Le Captain a refusé d'le prendre et a juste dit : « Donnez-moi mon chapeau. »

Il a remis son chapeau, et là, il s'est regardé dans les glaces d'la boutique. Dès qu'il nous a tourné le dos, tout l'monde s'est mis à faire une drôle de tête. À quoi ça rime de s'faire laver la tête pour la première fois depuis Dieu seul sait quand pour aussitôt remettre l'même affreux chapeau puant par-dessus ?

J'ai pensé que l'barbier avait dû faire beaucoup de malheureux chez les poux et séparer beaucoup d'familles, entre ceux qu'étaient restés accrochés dans l'chapeau et ceux qu'il avait noyés dans l'savon…

C'est alors que l'Captain s'est mis à sourire. C'était difficile à croire, et pourtant là y avait plus d'doute, pasque l'essentiel de son gros buisson d'moustache s'trouvait maintenant sur le sol d'la boutique du barbier.

Le Canada

Dire que j'me fais pas d'mauvais sang à l'idée d'aller au Canada, ça serait un mensonge. Une des choses qui valent le coup en Amérique, c'est qu'on a des lois qui empêchent les gens d'se faire du mal les uns aux autres. À c'que j'ai compris, le Canada est loin d'être aussi civilisé. Avec tout ce que j'entends au sujet d'ce pays, j'me gratte la tête encore pire qu'avec les aoûtats d'il y a deux ans.

Jusqu'ici, j'avais jamais remarqué la bouche du Captain, mais maintenant que j'la vois clairement, j'commence à comprendre pourquoi qu'il voulait pas que l'barbier lui coupe la moustache. Il l'avait fait pousser pour couvrir le peu d'dents qui lui restent. Des bouts d'chicots verts et noirs qui sortent de ses gencives roses et marron et grises.

Quand il parle, des filets d'bave marronnasse se logent au coin d'ses lèvres et s'étirent à chaque mot. Plus il parle, plus les filets épaississent, jusqu'à ce que les coins d'sa bouche ressemblent à une toile d'araignée marron et gluante. J'me dis que l'barbier aurait dû écouter l'Captain : c'est vraiment une erreur de lui avoir taillé son gros buisson. Jamais j'aurais cru le regretter autant.

La nuit dernière, j'ai mal dormi, mais pas seulement pasque j'pensais à Ma, Stanky et Pa. J'pensais à ce qui va s'passer aujourd'hui. J'vais faire plein d'choses que j'ai jamais faites, des choses que j'aurais jamais pu imaginer même, à l'époque où j'travaillais la terre et où je chassais les lapins et les ratons laveurs pieds nus, dans les collines de Possum Moan.

Pour la première fois j'vais prendre un bateau, pour la première fois j'vais quitter l'Amérique, pour la première fois j'vais aller dans un pays étranger et, surtout, pour la première fois j'vais prendre un train à vapeur, alors que j'pensais que c'était quèque chose réservé aux gens riches.

Des trains, j'en ai déjà vu en Caroline du Sud, et à leur façon d'débouler, on s'demande s'ils sont pour de vrai ou si c'est un rêve. Une seconde ils sont là, celle d'après y a plus personne.

Avec le Captain, on est allés à pied depuis l'étable jusqu'au ferry qui va nous conduire au Canada. Comme on a pas prévu d'y rester plus d'deux jours, on voyage léger. C'est à moi que revient la corvée de trimballer l'sac du Captain qui contient son pistolet et çui de Pa, des cartouches, son porte-feuille, et une paire de p'tites menottes, au cas où.

On porte nos nouveaux habits du dimanche, avec chemise et cravate. Quand on a mis l'pied sur l'bateau, on avait l'air carrément respectables. Y a même des gens qu'ont touché l'bord d'leur chapeau pour saluer l'Captain, ce qui l'a étonné autant qu'moi !

Une fois sur l'bateau, l'Captain a donné deux pièces de dix cents au type qui s'trouvait là. C'est drôlement cher, ce bateau, mais même s'il m'arrive rien d'aut' au cours de ce voyage, ça en valait la peine pasque c'qui s'est passé là, je m'en souviendrai toute ma vie !

J'avais pas mis l'pied à bord qu'un homme qui portait un bel uniforme et des gants blancs m'a tendu la main en disant :

– Attention à la marche, monsieur !

Monsieur ?

C'est la première fois d'ma vie qu'on m'appelle comme ça, et j'ai que douze ans ! J'ai pas su s'il disait ça pasqu'il pensait que j'étais plus vieux qu'mon âge, ou bien s'il dit ça à tout l'monde. Mais y a des gosses qui sont montés derrière moi et il leur a rien dit !

Donc ça, c'était la meilleure partie du voyage. Pour le reste, c'était vraiment très court.

Ils font sonner une cloche et une sirène ; après ça, faut pas éternuer sinon on rate tout. On a entendu à nouveau la sirène et la cloche, et avant d'pouvoir dire « ouf » on avait accosté au Canada. J'sais pas à quoi je m'attendais mais à un peu plus quand même.

Quand on est descendus, j'ai compris pourquoi l'type en uniforme m'avait appelé « monsieur » : ça doit être pour qu'on ait quèque chose quand même en échange des dix cents qu'ils nous prennent pour la traversée.

En débarquant, j'ai pas vu beaucoup d'différence entre les gens de Detroit et ceux d'cette ville canadienne qu'on appelle Windsor. J'suis pas encore habitué à voir des gens d'couleur habillés avec des habits normaux au lieu des guenilles qu'portent la plupart des esclaves de Caroline du Sud, mais au moins j'suis un peu plus discret, j'leur jette plus qu'des p'tits coups d'œil à la dérobée.

Les Canadiens ont bien fait les choses pour les gens qui voyagent : la station d'chemin d'fer se trouve qu'à un jet d'pierre de l'endroit ousqu'on descend du ferry. Et là, dès que j'ai vu la locomotive, j'ai compris que j'serais pas déçu par mon premier voyage en train.

L'intérieur du train est tellement chic qu'on dirait la maison des Tanner, ou du moins ce qu'on m'en a raconté. Ou celle de George Washington, même ! Y a des beaux fauteuils rembourrés des deux côtés d'une allée centrale qui va d'un bout à l'aut' du wagon.

Un homme avec des habits d'couleur vive et un p'tit chapeau rouge et rond a crié : « En voiture tout le monde ! » et puis il a fait remonter le marchepied à l'intérieur du train.

J'me suis assis dans un des fauteuils spacieux et j'ai été soulagé d'voir que l'Captain s'asseyait derrière moi. Il sent beaucoup moins mauvais depuis qu'il s'est lavé, mais l'odeur n'est pas la seule chose à craindre quand on est près d'lui. En plus, j'ai tellement pris l'habitude de pas respirer par l'nez quand il est là que rien que d'le voir j'me mets à respirer par la bouche, et au bout d'un moment c'est fatigant.

Y avait sept ou huit personnes déjà assises à bord.

Quand l'train s'est mis en branle, j'ai sursauté et j'me suis agrippé au siège devant moi. J'ai pas crié, ni rien, mais j'ai dû faire un bruit bizarre pasque la fille qu'était assise de l'aut' côté de l'allée m'a regardé en riant. En fait, c'était juste l'train qui s'mettait à rouler. En regardant dehors, j'ai eu l'impression que c'était la gare qui partait et pas l'contraire. Et puis en un rien d'temps on a plus vu que des arbres par la fenêtre.

Le truc le plus bizarre, c'est c'que j'entendais. Même si c'était la première fois que j'prenais l'train, j'avais l'impression de connaître ce bruit et qu'il me rassurait.

Et puis j'ai compris : le train répétait mon nom, encore et encore.

Au début, c'était lent, mais il disait très clairement : « Charlie-Bo-Bo. Char-lie-Bo-Bo. Char-lie-Bo-Bo. » J'ai jeté un coup d'œil au Captain pour voir s'il l'entendait lui aussi mais il regardait droit devant lui.

Plus le train allait vite, plus vite il m'appelait : « Char-lie-Bobo, Char-lie-Bobo, Char-lie-Bobo, Char-lie-Bobo, Char-lie-Bobo… »

Et quand on s'est mis à filer à toute vitesse, les sons se sont mélangés comme les arbres qui passaient en sifflant et il m'a lancé : « CHARLIEBOBO ! CHARLIEBOBO ! CHARLIE-BOBO ! CHARLIEBOBO ! »

J'ai cru que j'allais éclater d'rire, c'était tellement drôle !

J'sais pas c'que j'ai fait mais d'un coup l'Captain m'a attrapé par le col et m'a dit :

– Écoute, espèce de bouseux mal dégrossi, c'est pas respectab' pour quèqu'un d'aussi grand que toi d'sauter sur son siège et d'glousser chaque fois qu'on voit une maison ou qu'on croise un cerf. Essaye d'te comporter comme un gars d'ton âge et fais semblant d'être déjà sorti d'ton trou au moins une fois ou deux.

J'ai même pas rougi. N'importe qui aurait été excité d'prendre le train pour la première fois d'sa vie.

Au bout d'un moment, j'ai eu envie d'fermer les yeux et de m'endormir. Ça m'a rappelé quand j'étais p'tit et que l'sommeil débarquait d'un coup et m'emportait aussitôt sans crier gare.

J'sais pas si c'est l'bercement du train de droite à gauche, ou bien la façon qu'il avait de m'appeler doucement par mon nom ou encore à cause des arbres et des montagnes qui filaient par la fenêtre.

Avant d'mettre un pied dans l'train, j'aurais pu parier que tout ce mouvement à l'extérieur vous maintenait bien éveillé. Mais en fait c'est zactement l'contraire. On va tellement vite qu'on arrive pas à fixer les yeux sur quèque chose assez longtemps pour aligner deux idées, et rapidement j'ai eu envie d'dormir.

La chose s'est reproduite plein de fois. J'avais beau résister, j'sentais qu'ma tête partait en avant ou en arrière et j'me redressais d'un coup. Ou bien, je m'écroulais la tête contre la vitre du train. Quand j'me réveillais, y avait une marque grasse et une trace de bave sur la vitre. Je la nettoyais avec la manche de ma belle chemise.

J'me suis dit que c'était vraiment pas juste. Ça serait probablement l'seul voyage en train d'ma vie et l'passer à dormir, c'était carrément un drame. Tout était si beau et si nouveau que j'voulais pas en perdre une seule seconde.

J'avais vu que l'Captain avait ouvert sa fenêtre pour laisser entrer la brise. J'y ai demandé d'me montrer comment faire pareil, en m'disant que l'air m'aiderait p'têt' à rester éveillé, mais c'était une erreur. La brise qui entrait était si douce et si tiède qu'elle m'a juste enfoncé davantage dans l'sommeil.

J'vais pas mettre ça sur l'compte du train, bien sûr, mais quand j'ai fini par m'endormir pour de bon, j'ai fait le pire cauchemar d'ma vie.

J'ai rêvé que j'étais de retour à not' baraque dans les bois et que j'essayais d'siffler les trois chiots qu'avaient pas su s'tenir et qu'avaient tressailli la fois ousque Pa les avait testés.

Y avait beaucoup d'brouillard et j'regardais par terre entre les arbres en espérant apercevoir un des chiots, mais je voyais rien, que des troncs. Deux de ces troncs qui poussaient côte à côte ont attiré mon attention pasqu'ils avaient pas l'air d'être couverts d'écorce mais plutôt d'cuir.

Mes yeux sont remontés le long des troncs et j'ai vu que l'cuir se transformait en jean, puis le jean en coton, le coton d'une chemise portée par un géant aux épaules larges. J'ai cru être frappé par la foudre quand j'ai reconnu qui c'était.

– Pa !

Sans s'retourner, il m'a demandé :

– Little Charlie, c'est toi, mon garçon ?

D'entendre à nouveau la voix de Pa, ça m'a presque déchiré en deux. La joie et la terreur se bagarraient à l'intérieur de moi. J'savais pas si j'devais en rire ou en pleurer.

Il s'est retourné lentement et m'a regardé, mais pas avec ses vrais yeux. Avec ses yeux morts, ceux d'après l'accident.

Pour la première fois, j'me suis rappelé que, juste après qu'la hache a frappé Pa, j'ai jeté un p'tit coup d'œil rapide à Pa et j'ai détourné l'regard aussi vite que possible.

Mais l'regard des rêves n'écoute personne, il va là où il veut et reste aussi longtemps qu'il veut ; peu lui importent tes sentiments sur l'sujet, il s'en fiche pas mal de ce qu'une image pareille va te faire pour le restant d'tes jours.

Et l'regard de mon rêve voulait examiner la blessure de Pa en long et en large.

L'entaille sur son front ressemblait vraiment à un grand sourire. À cela près que les petits bouts blancs qui se trouvaient à la place des dents étaient en réalité des débris de l'os du front explosé par la hache. Les lèvres étaient les bords déchirés d'ce nouveau trou dans sa tête. Et l'truc rouge qui en sortait et que j'avais pris pour une langue, c'était juste son cerveau qui s'écoulait hors de son crâne.

Et puis Pa m'a parlé :

– Little Charlie, mon garçon. T'es un chasseur, mon fils. Fais comme les chiens d'chasse et n'aie pas peur.

Mais c'était pas sa bouche qui remuait quand il m'parlait, c'était l'entaille du front. Les coins d'cette nouvelle bouche étaient pleins d'bave rougeâtre qui s'étirait à chaque mot comme quand l'Captain parle.

L'regard d'mon rêve en a eu marre et s'est détourné. Mais l'était pas encore prêt à m'laisser tranquille.

En tournant la tête, j'ai vu Ma debout près de Pa. Ses bras

étaient croisés sur sa poitrine et elle tenait sa gorge entre ses mains. Elle essayait de dire quèque chose mais elle y arrivait pas. Ses lèvres remuaient mais rien qu'un gargouillis en sortait.

Ma en a eu marre et a tendu les mains vers Pa ; c'est là que j'ai vu que son cou était tailladé par une longue vilaine balafre.

L'instant d'après, j'ai senti qu'on m'secouait et qu'on m'donnait une claque à l'arrière du crâne.

En ouvrant les yeux, j'suis tombé sur la meilleure fin possible pour le pire cauchemar d'ma vie : le Captain, qui s'tenait au-dessus d'moi, les yeux furibards.

On s'est mis à crier tous les deux jusqu'à ce que j'la ferme et que j'comprenne ce qu'il m'disait :

– ... t'as perdu la tête à hurler comme ça ? T'as intérêt à la boucler. On essaye d'être discrets et toi tu t'conduis comme un cinglé. Redresse-toi et tiens-toi un peu.

Passer le chat

L'Captain et moi, on a révisé not' programme des dizaines de fois. Il a surtout essayé de m'faire comprendre que si les choses tournaient mal, ça serait d'ma faute.

– S'il te fait pas confiance, on est fichus…

– Si t'arrives pas à l'attirer tout d'suite, on aura perdu…

– Si tu fais pas zactement c'que j'te dis, c'est comme si on brûlait les mille dollars…

– Si tu l'chopes pas, j'te laisse ici…

Puis, avec un air vraiment méfiant, il m'a confié l'collier qu'il avait volé à la femme esclave.

– Si ça tourne pas rond, montre-lui ça. Il comprendra qu'on est vraiment venus pour l'aider.

Il a conclu en ajoutant :

– Si on était au pays et qu'tu foirais un truc pareil, je t'ferais passer l'chat.

Passer l'chat… C'était à cause de ça que Pa avait perdu l'appétit pendant deux jours et le sommeil pendant des semaines. J'me suis risqué à poser la question.

– J'sais pas c'que c'est, passer l'chat, m'sieur.

– Tu verras bien assez vite.

Un truc que j'ai compris à propos du Captain, c'est qu'il a beau être fou, l'est pas bête du tout. Il écoute toujours c'que les gens ont à dire, et si ça en vaut la peine il le prend en compte. Il rejette pas les idées de quèqu'un juste pasqu'il est pas d'accord avec lui.

J'me suis dit que l'Captain voudrait p'têt' m'espliquer ce qu'était l'passage du chat pasque, sinon, à quoi ça sert de menacer quèqu'un d'une punition qu'il connaît même pas ? Si ça s'trouve, p'têt' que j'aimerais ça, moi, qu'on m'passe le chat ?

– Mais m'sieur, vous essayez bien de m'apprendre des choses, pourtant ?

Il m'a regardé sans rien dire. On voyait qu'il réfléchissait.

– J'vous en remercie, d'ailleurs, mais comment qu'vous voulez que j'apprenne si j'sais pas d'quoi vous parlez ?

Il a hoché la tête avec un petit grognement.

– Tu verras c'que c'est quand on sera d'retour au pays. C'est c'qui va arriver aux trois nègres. Le garçon passera en premier, puis l'mâle et en dernier la femelle à grande bouche.

» Faut que tu t'rappelles que les négros, c'est simple comme bonjour, et la meilleure discipline est toujours la plus simple. Et passer l'chat, on peut pas faire plus simple. Y t'faut juste trois ou quatre choses. D'abord, y t'faut une paire de gants de forgeron, c'est les gants les plus costauds qui soient. Après, tu demandes à quèqu'un d'aller t'chercher l'plus gros et l'plus méchant chat d'la ferme. Tu mets l'chat dans une caisse et tu prépares un seau d'eau froide qu'tu gardes à portée d'main.

» Ça, un bâton et un nègre à tête dure, c'est à peu près tout ce qu'il te faut pour passer l'chat dans les règles de l'art. Simple mais, pour çui à qui tu l'passes, ça lui fera de l'effet jusqu'à la fin d'ses jours. J'en ai vu plus d'un s'écrouler après un bon passage de chat, j'ai vu plus d'un nègre se raviser, plus d'une attitude changer.

L'Captain est pas du genre causant, la plupart du temps il garde sa langue dans sa bouche, mais une fois qu'il est lancé on voit qu'il prend goût à s'écouter parler.

– Ensuite, tu prends ton nègre, tu l'déshabilles, et tu l'attaches à plat ventre, les bras et les jambes écartés. Puis, tu ouvres le couvercle d'la caisse juste assez pour verser ton seau d'eau sur le chat. Tu secoues bien la caisse, tu donnes un ou deux coups d'bâton, t'enfiles les gants, et t'ouvres le couvercle assez pour passer la main et attraper l'chat par la tête. Une fois que tu l'tiens, et crois-moi faut bien l'tenir pasque c'est incroyable la force de ces bêtes-là, t'attrapes sa queue dans l'aut' main et tu tires.

Ensuite, tu prends ton chat et tu l'présentes à ton nègre. Quand ils auront fait connaissance, tu commences par les épaules du nègre, et tu passes le chat jusqu'au bas du dos, et tu remontes, et tu redescends, comme si tu passais un rabot sur une grosse planche de pin. Tu pourras pas dire qui crie l'plus fort, du chat ou…

Mes oreilles se sont fermées toutes seules. J'voyais les lèvres du Captain qui remuaient et souriaient, j'voyais la bave épaisse qui s'étirait au coin d'ses lèvres, mais j'entendais plus qu'un bruit d'eau qui tourbillonnait autour de moi.

Pourtant, même si quèque chose m'empêchait d'écouter ses paroles, j'voyais à ses yeux de quoi il parlait. Z'étaient brillants, bien vifs, on aurait dit qu'ils lançaient des étincelles.

J'dois avoir l'estomac plus costaud que Pa, ou p'têt' c'est la différence entre entendre parler d'une chose et la voir, pasque j'aurais quand même bien mangé un morceau, même si c'que racontait l'Captain me dégoûtait.

Mais une chose est sûre, je lui poserai plus jamais d'questions.

– T'as compris, mon gars ? Maintenant, tu sais c'que c'est que passer l'chat, t'es content ?

J'ai rien répondu.

L'enlèvement de Sylvanus Demarest

Une aut' chose qu'les Canadiens font pas comme les gens normaux : s'ils trouvent deux arbres côte à côte avec un coin d'herbe et un peu d'eau, z'appellent ça un parc.

En Caroline du Sud, si y avait une jolie étendue d'eau comme cette grande mare, les gens s'mettraient à retirer leurs chaussures et à faire trempette de tous les côtés et puis ils rentreraient chez eux. Ou bien ils lanceraient une ligne pour pêcher du poisson.

Mais pas au Canada. Les Canadiens aiment mieux installer des bancs et tailler des chemins pour qu'on puisse s'asseoir et admirer l'eau, les canards et les oies. Z'ont aussi plein de panneaux qu'on comprend même quand on sait pas lire, avec des dessins qui montrent ce qu'on doit pas faire.

Y en a un, par exemple, c'est un homme en train d'pêcher à la ligne barré par un grand X. Pareil avec quèqu'un qui lance des pierres à un groupe de canards, et un autre qui laisse tomber quèque chose, tous barrés par la même croix. Sur tous, z'ont écrit le mot NON en grosses lettres noires, comme ça on peut pas s'tromper.

Au début, j'ai aussi cru qu'les Canadiens avaient trafiqué leurs oies sauvages et leurs canards pour pas qu'ils filent quand on s'approche, comme le font ceux d'chez nous. J'pensais qu'ils avaient attaché les pattes des canards sous l'eau pour les maintenir en place, mais quand j'me suis approché d'trop près, un grand jars est sorti de l'eau et m'a mordu à la jambe jusqu'au sang, c'qui a fait rire le Captain.

Ça m'étonne qu'tous ces canards et ces oies rassemblés au même endroit aient pas encore été embarqués pour être mangés. Si c'était chez nous, tout ce qu'il resterait, ça serait une plume ou deux flottant sur l'eau et une paire de traces de pas dans la glaise pour indiquer jusqu'où le canard était allé avant de s'faire choper par un garçon pieds nus.

Mais après tout, z'ont p'têt' raison, ces Canadiens avec leurs parcs, pasque c'est drôlement agréable de s'asseoir là et d'attendre que l'temps passe.

On a entendu arriver l'groupe de jeunes gens avant d'les voir. L'Captain a jeté un coup d'œil à sa montre et il a dit :

– J'adore les gens du Nord ; ici, même les nègres sont à l'heure.

Et en effet, c'était un groupe d'étudiants, tous sur leur trente et un, des Blancs et des gens d'couleur. Qui bavardaient et couraient et chahutaient sans s'en faire l'moins du monde.

Z'étaient encore à une trentaine de mètres quand j'ai repéré çui qui devait être Sylvanus. J'suis resté bouche bée quand j'ai vu combien l'était grand. Et j'me suis même demandé si l'était pas plus grand qu'moi.

J'sais pas pourquoi ça m'a surpris. J'aurais dû m'douter que ce Sylvanus allait être grand pour son âge. J'veux dire, son Pa l'est presque aussi grand qu'le mien, et sa mère c'est pas non plus une demi-portion. L'genre de femme avec qui vaut mieux pas s'battre, à moins d'avoir un gros bâton à portée d'main.

Devait y avoir huit nègres dans l'groupe d'étudiants qui s'approchait d'la mare, et j'étais à peu près sûr d'avoir repéré Sylvanus. Non seulement à cause d'sa grande taille, mais pasque, même si on sait bien que c'est pas facile de distinguer un nègre d'un autre, ce garçon, qui faisait une tête de plus qu'tous les autres et qu'on aurait pu prendre pour le professeur s'il avait pas porté les mêmes habits qu'tout l'monde, eh ben y ressemblait comme deux gouttes d'eau à Lou, la femme qui croupissait dans la prison de Detroit. Avec une robe sur l'dos et quèques tailles en moins, on aurait dit les mêmes.

– J'pense que c'est çui qui marche là-bas tout seul, a dit l'Captain.

– Ah non, m'sieur, c'est le grand. C'est l'portrait craché d'sa mère.

Le Captain a levé les yeux au ciel.

– Pasque tu sais reconnaître un nègre d'un autre, toi ? Et des nègres que tu connais pas, en plus ?

– Regardez-le, m'sieur, y a pas d'doute possible.

J'en revenais pas que l'Captain l'ait pas vu.

Y avait aut' chose que l'Captain avait pas vu à propos de Sylvanus, et qui m'faisait sentir d'la sympathie pour lui même si c'était un voleur.

Un jour, Ma s'était moquée d'moi sur l'chemin du retour en m'disant que de toute la journée qu'on avait passée aux champs, depuis l'aube jusqu'au crépuscule, j'avais fait rien que d'parler ou d'poser des questions au sujet de Julie Jones.

– Dis donc, Charlie, avait dit Ma, tu m'as pas parlé une seule fois de Stanky aujourd'hui. La chienne va être jalouse qu'tu l'aies oubliée pour une fille aussi quelconque et ordinaire que cette p'tite Foster avec ses genoux cagneux.

L'avait raison, ça m'avait fait rougir et Ma avait ri.

– T'en fais pas, Charlie, ça m'a fait pareil la première fois que j'ai vu ton père abattre un arbre. Ces choses-là, c'est comme être frappé par la foudre, et quand t'es mordu, t'as plus rien à faire, faut t'accrocher.

Ce pauv' Sylvanus avait été mordu, lui aussi. Et à sa façon d'sourire et d'batifoler avec une des filles d'couleur du groupe, on voyait bien qu'il allait devoir sacrément s'accrocher : cette fille le menait par l'bout du nez et lui aurait fait faire n'importe quoi !

Pour la première fois depuis que j'ai tant grandi, j'ai compris pourquoi Ma et l'Captain m'disent que c'est pas convenable pour quèqu'un d'ma taille de m'conduire comme je l'fais des fois. Pasque d'voir quèqu'un d'aussi grand que Sylvanus Demarest en train d'roucouler et d'gazouiller avec cette fille, eh ben ça paraît pas normal et ça surprend.

– On passera pas à l'action avant demain, de toute façon, mais j'espère bien qu'tu t'trompes. Ça serait pas d'la rigolade d'devoir capturer ce géant.

Et là, comme pour m'donner raison, le groupe est passé devant l'banc sur lequel on était assis, et la fille d'couleur a tapé sur l'bras du grand gaillard en disant : « Oh, Syl, quel taquin vous faites ! »

Le Captain m'a jeté un regard de travers et a lâché un juron.

Vu comme le visage de Sylvanus s'est illuminé quand la fille d'couleur lui a dit ça, elle aurait pu entrer dans l'lac qu'il l'aurait suivie sans s'poser d'questions.

L'aurait vraiment fallu être sans cœur pour pas ressentir d'la peine pour c'grand nigaud. On allait lui rendre service à coup sûr en l'tirant de cette situation fatale.

On y est restés trois jours, à regarder l'groupe d'étudiants manger, jouer et s'amuser tous ensemble. J'étais tellement bien là que j'ai été vraiment déçu d'entendre le Captain dire, à la fin d'la troisième journée passée à observer Sylvanus à la dérobée : « C'est pour demain. »

On avait remarqué qu'une fois tous les étudiants partis Sylvanus et la fille d'couleur restaient tous les deux sur l'banc à lire des livres. Et puis, au bout d'une demi-heure, la fille s'en allait tandis que lui restait une aut' demi-heure, le nez dans un livre, avant d'décaniller.

– Tout va être une question d'rythme, m'a dit l'Captain le soir même, après la lecture d'la Bible. Si tu fais zactement c'que je t'ai dit, on peut sortir l'gars du parc et l'mettre dans l'train pour Windsor avant qu'il ait eu l'temps d'dire « ouf ». C'est comme quand tu montes une arnaque : faut tournebouler ta cible et la maintenir dans les choux jusqu'à ce qu'il soit trop tard et qu'il lui reste plus qu'à s'en mordre les doigts.

Le lendemain, on est allés au parc à midi moins l'quart et on s'est assis sur not' banc habituel.

Zactement dix minutes après midi, on a entendu les voix des étudiants qui s'approchaient et j'ai senti mon ventre se nouer. Depuis l'début, ils faisaient aucune attention à nous, mais par prudence l'Captain a plongé son nez dans un journal et j'ai fait semblant d'regarder les canards pas sauvages.

Sylvanus et la fille d'couleur plaisantaient, on voyait qu'ils étaient contents d'être ensemble. À peine j'leur ai jeté un p'tit coup d'œil que j'ai eu envie d'pleurer tout à coup.

J'ai tout d'suite compris : le monstre aux yeux verts, comme disait Ma, s'était emparé d'moi. Même si j'avais du mal à l'admettre, j'avais les larmes aux yeux pasque j'étais jaloux d'un nègre !

J'pouvais pas m'empêcher de m'dire que c'était pas juste. Pas juste que ces gens, qu'ont à peu près l'même âge que moi, passent leurs journées à lire des livres, à rire, à s'amuser, et à s'dire des choses à l'oreille, quand tout c'que j'fais chez nous c'est d'être collé au cul d'une mule ou d'arracher les mauvaises herbes du matin au soir.

Pas juste qu'ils s'baladent dans leurs jolis uniformes avec des chaussures propres quand j'suis la plupart du temps pieds nus et en guenilles.

Ma avait raison : les nègres s'en tirent mieux que nous.

L'Captain a regardé sa montre à gousset et a dit :

– Bizarre, elle part pas à l'heure prévue.

Sylvanus et la fille étaient tellement pris par leurs lectures qu'ils avaient dû oublier tout l'reste.

Environ deux secondes après, l'Captain a regardé sa montre de nouveau :

– Si elle part pas dans une minute, on va rater l'train et on sera coincés ici jusqu'à mardi. J'savais que j'aurais pas dû acheter ces billets…

Le Captain s'est mis à jurer. C'est alors que j'ai décidé d'prendre une initiative, même s'il m'avait dit de pas l'faire. En plus, j'avais envie d'voir la fille de plus près.

J'me suis approché par-derrière du banc où s'trouvaient Sylvanus et la fille. Z'étaient tellement pris par leurs livres qu'ils m'ont pas vu. J'ai compris pourquoi Sylvanus était aussi mordu : la fille était plutôt jolie.

J'me suis raclé la gorge et j'ai demandé :

– 'Scusez-moi, z'avez l'heure siouplaît ?

Ils ont levé l'nez d'leur livre en même temps. Elle a regardé la montre à son poignet et a dit :

– Oh, non, Syl, je suis en retard ! Il est une heure cinq, monsieur.

Elle s'est levée et ils s'sont donné la main.

– Dépêchez-vous, alors. À demain, Michelle.

Comme il lâchait pas sa main, elle s'est mise à rire :

– Syl !

Puis elle m'a dit : « Excusez-moi » et elle est partie en courant dans la direction d'où elle était venue. Syl m'a adressé un sourire puis s'est replongé dans son livre.

J'ai repris :

– 'Scusez-moi encore une fois, mais seriez pas Sylvanus Demarest, par hasard ?

Il est resté bouche bée.

– Pardon ?

– Z'êtes pas Sylvanus Demarest de Detroit, Michigan ?

Il m'a pas répondu mais j'ai vu à son regard qu'mes questions lui plaisaient pas beaucoup.

– Je m'appelle Charlie Bobo et vos parents m'ont demandé, à moi et à mon oncle, d'venir vous parler. Vot' mère a dit que pour vous convaincre, fallait que j'vous dise que vot' prénom, c'était Sylvester avant mais maintenant c'est Sylvanus, que vot' père c'était Cletus et maintenant Chester, et qu'elle s'appelait Lou mais que maintenant on l'appelle Eloïse. Elle m'a dit aussi que depuis qu'vous êtes libres, z'avez changé vot' nom de Tanner pour Demarest. Elle a dit que les seules personnes qui savent ça sont vos père et mère et que j'pourrais pas l'savoir à moins qu'ils me l'aient dit eux-mêmes.

Le garçon était stupéfait. L'Captain m'avait dit que si on arrivait à bien le tourneboulér, on pourrait lui faire faire les six heures du voyage en train pour Detroit sans problème.

– Vos père et mère veulent vous voir, Sylvanus. Z'ont besoin d'vous causer en personne et y a pas d'temps à perdre. Ils sont cachés et z'ont besoin d'vous.

Il a posé son livre.

– Ils sont cachés ? Que s'est-il passé ? Quelqu'un est-il blessé ?

– Non, mais z'ont besoin d'vous aussi vite que possible.

– Mais pourquoi n'a-t-elle pas demandé à Gina de

m'écrire ou même de m'envoyer un télégramme ? Pourquoi s'est-elle adressée à vous… ?

– Elle m'a dit d'vous donner quèque chose qui vous prouvera que j'suis ici à sa demande.

J'ai sorti d'ma poche le pendentif que l'Captain avait volé à la mère de Sylvanus et j'lui ai mis sous l'nez.

Sylvanus s'est levé d'un bond et m'a pris la chaîne des mains. L'a ouvert le pendentif, a vu les trois boucles de cheveux et, croyez-moi ou non, les larmes ont commencé à lui monter aux yeux.

– Je vous en supplie, c'est intenable, car tellement étrange, il a dû leur arriver quelque chose de terrible. Mère et Père sont-ils blessés ? Depuis un mois, j'ai un pressentiment affreux. Oh, je vous en supplie, pardonnez-moi de m'être montré aussi grossier au départ ! On m'a enseigné à ne faire confiance à personne. Quel est votre nom, dites-vous ?

D'la même manière que tout à l'heure la jalousie m'avait envahi, un aut' sentiment est arrivé. C'était d'la honte.

J'avais honte d'devoir dire à ce garçon : « Je m'appelle Charlie Bobo. » Et j'avais pas prévu ça.

Je m'étais dit que, si j'arrivais à convaincre Sylvanus d'venir avec nous, l'Captain serait bien obligé d'être fier de moi et d'reconnaître que j'étais pas un idiot. J'pensais qu'il m'dirait, en m'regardant droit dans les yeux : « Bien joué, Little Charlie Bobo. »

Mais quand j'ai vu qu'mes mensonges et mes pièges avaient si bien pris sur ce garçon d'couleur, j'me suis juste senti minable.

La seule fois où j'avais déjà éprouvé quèque chose de c'genre, c'est l'jour où j'étais tombé sur un des grands d'chez nous, Tug Smith, en train d'installer un piège pour Petey le simplet. Tug savait que Petey prenait ce chemin tous les jours en revenant du moulin où il passait sa journée à balayer le même tas de poussière d'un côté à l'autre. Tous les jours, à la même heure.

Tug m'a espliqué :

– Quand il arrivera, il verra c'te bourse de cuir par terre et il se penchera pour la ramasser. Et en l'attrapant, il tirera sur c'te ficelle et ça déclenchera ça.

Tug a tiré sur la ficelle ; un couteau attaché à une corde a dégringolé de l'arbre d'en face et s'est planté à l'endroit où s'trouvait la bourse en cuir.

– Si j'me suis pas gouré, a dit Tug, ce canif s'plantera pile dans son gros derrière !

J'ai bien vu que c'était dangereux et qu'il fallait qu'je fasse changer Tug d'avis.

– Écoute, Tug, et si le couteau s'plante dans son cœur ? Il pourrait en mourir.

Tug y avait pas pensé. J'ai continué :

– Et si, au lieu d'mettre un couteau, t'attachais une pierre au bout d'la corde pour qu'elle lui tape dans les fesses ? Comme ça, tu lui joueras un tour mais tu risques pas de l'tuer.

Tug a fait comme j'avais dit et j'étais plutôt fier de moi d'avoir sauvé Petey.

On s'est cachés derrière un arbre et on a attendu. Tout s'est passé comme prévu.

Ou presque.

Petey est arrivé, a vu la bourse, s'est penché pour la ramasser, la pierre a dégringolé. Mais au lieu d'la prendre dans les fesses, Petey l'a prise dans l'genou.

On a entendu un grand *crac* et Petey est tombé par terre en s'tenant l'genou et en poussant des cris perçants.

Tug a éclaté d'rire, tellement fort que j'ai cru qu'il allait s'faire péter la rate.

Petey s'est relevé et a voulu prendre ça à la rigolade, lui aussi, mais l'avait trop mal à la jambe, alors il s'est mis à chialer comme un bébé d'deux ans, lui qu'en a plus d'trente.

Tug est sorti d'derrière l'arbre et a dit :

– Allez, Petey, te bile pas, c'était une blague ! Ça t'a pas fait très mal, quand même, ç'aurait pu être bien pire.

– Ferme-la, Tug, a dit Petey. T'es rien qu'une ordure et tu seras rien qu'une ordure jusqu'à la fin d'tes jours.

Et puis il s'est tourné vers moi, et alors que j'avais même pas ri il m'a dit :

– Et toi, Little Charlie ? J'ai toujours cru que t'étais mon ami ! Je t'ai jamais fait de mal !

Sa jambe a lâché et il s'est retrouvé l'cul par terre. Tug a failli s'étrangler d'rire. Mais Petey en avait pas fini avec moi.

– J'ai toujours dit à Ma que t'étais gentil avec moi, Little Charlie, que t'étais pas comme les aut' garçons. Mais c'est pas vrai ! T'es l'pire de tous pasque tu m'as fait croire qu'on était amis ; tu m'as fait croire qu'tu faisais pas partie des moqueurs. Mais regarde-toi !

Petey est rentré à Possum Moan en boitant et en pleurant. J'aurais sans doute dû lui courir après pour m'escuser, mais je l'ai pas fait. J'me suis juré que j'referais jamais rien d'aussi moche d'ma vie.

Eh ben, c'est zactement la même chose que j'ai ressentie quand j'ai vu Sylvanus Demarest avec le collier d'sa mère dans les mains et des larmes aux yeux. J'ai repensé au cheminot qu'on avait croisé avec le Captain sur la route, çui qui disait que, même quand on a une seconde chance, on finit toujours par refaire la même chose, qu'il y a qu'les gens et les décors qui changent. J'venais d'lui donner raison.

J'ai eu vraiment honte quand l'garçon a tendu la main et a dit :

– Ravi de faire votre connaissance, Charlie Bobo. Veuillez m'excuser pour ma grossièreté.

J'avais jamais serré la main d'une personne d'couleur. Une fille blanche et riche aurait pas eu la main plus douce. Ça s'voit qu'ce garçon a jamais travaillé dur de sa vie.

Je savais c'qui m'restait à faire. Fallait que j'prévienne Sylvanus de prendre ses jambes à son cou et de s'arrêter seulement une fois qu'il serait loin d'ici. Mais avant que j'puisse en placer une, l'Captain s'est glissé dans la conversation. J'avais pas remarqué qu'il s'était assis juste à côté d'moi.

– Oui, mon garçon, qu'il a dit. Ta mère avait peur que tu veuilles pas venir avec nous, mais elle a dit que, quand tu verrais son médaillon, tu saurais qu'on est là à sa demande. J'suis venu avec mon neveu pour être sûr que tout s'passe comme prévu et qu'on t'ramène à la maison sain et sauf.

Sylvanus a regardé l'Captain, puis moi. Il s'est essuyé les yeux et a dit :

– Que dois-je faire ?

Et avec ces mots Sylvanus s'est mis à not' merci. J'avais envie d'pleurer moi aussi. Une chose était sûre : sur l'chemin de Saint Catharines à Detroit, fallait que j'trouve l'moyen de défaire c'que j'avais fait et d'entraîner Sylvanus Demarest loin du Captain.

On a couru jusqu'à la gare et on est arrivés au moment où un homme criait :

– En voiture tout le monde !

Le Captain lui a tendu trois billets et on est montés dans l'train. Sylvanus et moi, on s'est assis côte à côte et l'Captain s'est mis juste derrière.

Il a dit à Sylvanus :

– Tu pourrais aller demander au conducteur quand c'est qu'on arrive à Windsor ?

– Oui, monsieur, a répondu Sylvanus en s'levant.

Dès qu'il était loin, le Captain m'a dit :

– Continue à parler avec lui, lui laisse pas l'temps d'réfléchir à ce qu'est en train de s'passer. Tu fais ça très bien, on dirait que t'as fait ça toute ta vie, alors continue comme ça.

Et dire que j'avais voulu m'faire bien voir de cet homme… Quand Sylvanus est revenu, j'y ai demandé :

– Z'avez déjà pris l'train ?

Il a secoué la tête.

– C'est vrai ?

– Non, mais c'est quelque chose que j'ai toujours souhaité faire.

Il a regardé par la fenêtre et a ajouté :

– J'aurais aimé que ce soit dans d'autres circonstances, malheureusement.

– Z'en faites pas, Sylvanus. Tout va s'arranger.

J'ai pensé à sa mère et son père qui croupissaient dans la prison de Detroit et j'me suis dit que j'mentais comme un arracheur de dents. Il m'a regardé un long moment et l'a dit :

– Je vous prie de m'excuser encore une fois. Je ne sais pas où j'avais la tête. Merci à vous et à votre oncle d'être venus me chercher, cela doit être un grand dérangement pour vous. Merci beaucoup.

Il a tendu la main encore une fois et a dit :

– Mes amis m'appellent Syl.

J'y ai serré la main encore une fois et j'ai dit :

– Enchanté d'te connaître, Syl.

Le conducteur a passé la tête à l'avant du wagon et a lancé :

– Désolé, mais on va avoir un retard de trois quarts d'heure, une heure.

Tout l'monde a râlé dans l'train.

– Eh bien, cela va nous donner l'occasion de faire plus ample connaissance, a dit Sylvanus.

Manquait plus qu'ça ! J'ai beau partir loin et traverser des frontières, on dirait bien qu'la malchance des Bobo m'colle à la peau.

Les masques tombent

Ces derniers temps, j'y vois de plus en plus clair au sujet du Captain. Et chaque jour apporte son lot d'confirmations.

J'ai profité d'la présence de Syl pour vérifier quèque chose que j'rumine depuis que l'Captain a proposé tout un tas d'argent au shérif de Detroit pour qu'il vienne avec nous. J'me dis que, s'il est capable de donner cinq cents dollars au shérif, not' part à Pa et moi devrait s'monter à plus de cinquante dollars.

J'ai demandé à Syl :

– Alors, comme ça, t'as appris à compter à l'école ?

– Bien sûr, a dit Syl. Je connais aussi le latin et le grec.

Le grec ?

– C'est quoi, ça, un genre d'calcul bizarre comme l'algèbre ?

Il m'a lancé un drôle d'regard qui m'a fait rougir.

– Ce sont des langues étrangères.

Je m'en fichais pas mal des langues étrangères.

– Mais tu peux vraiment faire de la rithmétique ?

– Bien sûr.

– J'peux t'donner un problème et tu m'donneras la réponse ?

– Essaye.

C'était pas juste, en même temps. Il pouvait m'dire n'importe quoi et j'aurais pas la possibilité d'vérifier. Mais j'avais pas l'choix.

– Mettons que j'veuille vendre un chien à quèqu'un et j'veux qui m'paye dix pour cent de c'qui m'doit en avance. Combien coûte le chien ?

Syl m'a lancé un aut' regard bizarre :

– Je ne peux pas te répondre.

J'aurais dû m'en douter. Ma a raison, les gens d'couleur savent rien faire par eux-mêmes, y peuvent juste se contenter d'imiter les Blancs.

– Hum, je m'en doutais.

C'était rien qu'un fieffé menteur.

– Je ne peux pas te répondre tant que tu ne m'auras pas dit combien cette personne t'a versé en avance.

– Mettons qu'ce soit cinquante dollars sonnants et trébuchants.

– Alors, je n'ai même pas besoin de papier ni de crayon pour résoudre ce problème. Avec les dixièmes, il suffit de rajouter un zéro. Donc si un dixième du prix du chien, c'est cinquante dollars, le prix global s'élèvera à cinq cents. Je n'ai pas non plus besoin de papier ni de crayon pour te dire que c'est du vol. Les chiens qui valent cinq cents dollars, ça n'existe pas.

Il disait ça pasqu'il connaissait pas Spanky. Mais c'qui m'a vraiment énervé, c'était d'constater que l'Captain, en m'donnant seulement cinquante dollars, voulait m'arnaquer, moi, son partenaire. L'aurait mieux fait d'me planter son pistolet sous l'nez pour qu'on puisse parler d'vol en bonne et due forme.

Le conducteur nous faisait bien rire. Il passait entre les rangs tout raide en disant: « Prochain arrêt London, prochain arrêt London, prochain arrêt London ! » et puis il disparaissait dans la voiture derrière la nôt'. J'ai demandé à Syl :

– Tu sais à quoi y m'fait penser ?

Syl a souri.

– Non.

– À un automate. Moitié montre à gousset, moitié boîte en fer-blanc et moitié homme adulte.

Syl s'est mis à rire tellement fort que j'ai cru qu'il allait cracher un bout d'poumon.

– Je t'ai vu regarder la fille d'couleur, là-bas. Tu la fréquentes ?

Syl a lâché un gros soupir et s'est approché d'moi pour que personne d'aut' entende.

– J'essaye. Ça se voit tant que ça ?

J'ai souri. Il a soupiré.

– À vrai dire, je n'ai pas eu le courage de lui déclarer ma flamme. Elle est tellement belle que, quand je suis sur le point de lui dire quelque chose, j'en perds mes moyens. De toute façon, tous les garçons veulent faire la cour à Michelle.

Il a soupiré encore une fois.

– Michelle Taylor. C'est un joli nom, n'est-ce pas ?

– La mienne s'appelle Julie Jones. Je sais c'que tu dois ressentir. Surtout d'être aussi grand et d'se sentir aussi bête, pas vrai ? Combien tu mesures ?

– Un mètre quatre-vingt-dix.

– Nan ! Zactement comme moi ! Mets-toi debout, pour voir ?

On s'est levés et on a regardé not' reflet dans la fenêtre du train. On faisait vraiment la même taille !

Les deux ensemble, on a dit :

– Tu pèses combien ?

Ça nous a fait rire et en même temps on a répondu :

– Quatre-vingt kilos.

Le Captain commençait à nous lancer des sales regards, alors on s'est rassis.

Quand le train s'est arrêté à London après un dernier à-coup, un homme assis de l'aut' côté de l'allée s'est levé. Comme il passait devant nous, l'Captain s'est penché en avant et nous a dit, à Syl et moi :

– Arrêtez vos singeries, maintenant, et tenez-vous bien.

L'homme s'est retourné et nous a dévisagés tous les trois. On voyait qu'il voulait dire quèque chose, mais le conducteur-automate, debout près d'la porte, lui a dit :

– Monsieur, s'il vous plaît ? Nous essayons de rattraper notre retard…

L'homme est descendu du train.

J'dois commencer à choper le septième sens du Captain pasque quèque chose dans sa manière d'nous regarder m'a mis mal à l'aise, j'avais envie d'me gratter. J'ai jeté un coup d'œil au Captain assis derrière pour voir si lui aussi avait envie d'se gratter mais il regardait droit devant lui.

Ça devait être ma conscience qui m'démangeait.

Par la fenêtre, j'ai vu l'homme s'approcher à toute vitesse d'une femme de couleur debout près de l'entrée d'la gare. Il lui a dit deux-trois mots en pointant un doigt dans not' direction.

Le conducteur a replié le marchepied à l'intérieur en criant :

– En voiture tout le monde !

La femme s'est mise à courir vers le train. La locomotive a commencé à m'appeler tout doucement par mon nom : « Char-lie-Bo-Bo. Char-lie-Bo-Bo. Char-lie-Bo-Bo. »

La femme est arrivée vers nous, elle a sauté pour mieux nous voir.

La machine a accéléré : « Char-lie-Bo-Bo. Char-lie-Bo-Bo. Char-lie-Bo-Bo. »

La femme s'est retournée vers l'homme sur l'quai en lui faisant des grands signes comme si l'avait perdu la boule. À voir comment qu'elle hochait la tête de bas en haut en remuant les lèvres, c'est clair qu'elle lui disait : « Oui ! Oui ! Oui ! »

« CHARLIEBOBO ! CHARLIEBOBO ! CHARLIE-BOBO ! CHARLIEBOBO !... »

J'sais pas ce qu'ils avaient ces deux-là, mais d'toute façon c'était trop tard. Mon cœur s'est serré quand j'ai compris que l'Captain nous tenait et qu'y avait plus rien à faire pour lui échapper.

« Prochain arrêt Chatham, prochain arrêt Chatham, prochain arrêt Chatham… »

L'Captain a demandé à l'automate qui passait entre les rangs :

– Reste combien d'temps pour Windsor ?

– Après Chatham, il y a un arrêt cinq minutes plus tard à Buxton, puis encore quarante-cinq minutes jusqu'à Windsor. Environ une heure, Monsieur.

L'Captain a fait un grand sourire et a dit à Syl :

– Eh ben, mon garçon, y a plus longtemps à attendre avant d'revoir ta mère. C'est-y pas beau, ça ?

Syl lui a souri en retour et a dit :

– Je n'ose pas y croire, monsieur.

– Et toi, Charlie Bobo, tu oses y croire ?

Il ne m'aurait pas blessé davantage s'il m'avait planté un couteau dans l'bras. Il s'est renversé sur son siège, a croisé les mains derrière la tête, fermé les yeux et dit :

– Ça t'en bouche un coin, pas vrai, Little Charlie ? J'te comprends, moi non plus j'arrive pas à y croire. Va falloir fêter ça pour de bon quand on sera à Detroit.

Le chat tenait la souris dans sa gueule et j'pouvais plus m'enfuir, j'pouvais juste regarder mes mains posées à plat sur mes genoux et m'dire que j'valais pas mieux que cet abominable Captain.

– Qu'est-ce qui ne va pas, Charlie ? a demandé Syl.

J'ai secoué la tête et regardé par la fenêtre : on arrivait en gare de Chatham.

Je m'étais trompé en pensant que piéger Syl, c'était du

même tonneau que l'histoire de Petey avec la corde et la pierre. Maintenant, j'savais que ça n'avait rien à voir. Aider à remettre Syl aux mains de m'sieur Tanner, c'était c'que j'avais fait d'pire dans ma vie.

Plus la peine d'espérer avertir Syl, maintenant ; le Captain le lâcherait pas du regard avant d'lui avoir passé les fers, à Detroit.

Ces fous de Canadiens

Le conducteur a crié : « Chatham ! », a ouvert la portière à l'avant du wagon et a déplié l'marchepied à l'extérieur. Le Captain a regardé par sa fenêtre, a ricané, puis il s'est penché vers moi et m'a dit à voix basse :

– Alors là, c'est le bouquet ! Regarde-moi c'qui va monter dans l'train : un gorille dans un costume à vingt-cinq dollars !

Un p'tit homme à la peau sombre, avec un beau costume et un chapeau rond, est monté dans l'wagon. Il a jeté un œil dans la voiture qu'était presque vide et l'est venu s'asseoir de l'aut' côté de l'allée, en face de Syl et moi.

Syl s'est incliné et a dit :

– Bonjour, monsieur.

L'homme de couleur a souri et lui a fait un p'tit salut d'la tête.

Derrière moi, j'ai senti que l'Captain s'mettait à bouillir et qu'il était sur l'point d'dire quèque chose pasqu'un nègre venait s'asseoir près de Blancs sans demander la permission.

Mais l'homme de couleur avec son beau costume lui a

coupé la chique, et à nous tous par la même occasion, en demandant comme ça, de but en blanc :

– Dites-moi, Sylvanus, faites-vous bon voyage ?

Syl et moi, on a été pris d'court.

– Euh, oui, monsieur. Comment connaissez-vous mon nom, monsieur ?

Le septième sens du Captain est entré en action :

– Appelle-moi ce p'tit gorille encore une fois « monsieur » et j'te ferai regretter d'être venu au monde.

Syl s'est retourné vers le Captain avec une tête étonnée qui montrait qu'il le voyait vraiment pour la première fois. Puis l'Captain a dit à l'homme :

– Écoute, mon gars, t'as intérêt à m'dire d'où tu connais l'nom d'ce nègre, et j'plaisante pas.

Le p'tit homme a ri :

– Vraiment ? Vous ne vous prenez pas pour de la crotte de bique, n'est-ce pas mon petit monsieur ?

Le Captain, ça lui en a bouché un coin. En Caroline du Sud, aucun Blanc ose lui parler sur c'ton, et ici cet homme de couleur s'le permet ?

L'homme à la langue bien pendue a dit :

– Si vous regardez par la fenêtre, vous verrez qu'il y a un comité d'accueil réuni en votre honneur, et qu'il grossit à vue d'œil.

Le Captain n'arrivait pas à quitter l'homme à peau sombre des yeux, mais moi, j'ai pas pu m'empêcher d'regarder au dehors.

C'était vrai ! Devait y avoir une trentaine de personnes

d'couleur – des hommes, des femmes, des filles et des garçons –, certaines avec des bâtons et des fusils. Y en avait pas une seule qui souriait et ils regardaient tous dans la direction de not' wagon.

Y avait aussi une quinzaine de Blancs, avec les mêmes fusils, les mêmes bâtons et les mêmes airs renfrognés. Et le plus bizarre, c'est qu'au lieu d'se battre avec les gens d'couleur ils étaient tous mélangés !

L'homme noir aux beaux habits a dit :

– Je représente le comité de vigilance de Chatham-Buxton. Pour être exact, je représente sa frange légaliste et respectable. Eux, non. (D'un geste de la tête, l'a indiqué les gens sur l'quai.) Alors, à qui préférez-vous avoir affaire, mon petit monsieur ?

L'Captain a mis un moment à reprendre ses esprits, mais l'était pas du genre à s'laisser abattre.

– Euh... Je... Je... J'exige qu'on m'laisse faire mon travail ! Tu crois que j'ai jamais rencontré de nègres arrogants ? J'te préviens, tu vas passer un sale quart d'heure si tu nous laisses pas faire ce qu'on a à faire.

– Comme vous voudrez, a répondu l'homme.

Il a tendu la main à Syl.

– Sylvanus, viens avec moi s'il te plaît.

Syl savait pas quoi faire. Il a regardé l'homme, puis moi, et il a dit :

– Mais, monsieur, ma mère a envoyé Charlie et son oncle pour venir me chercher et me ramener à Detroit.

J'ai senti que mon visage était en feu.

– Sylvanus, a repris l'homme, ces gens ne sont pas tes amis.

– Mais…

– Écoute! a aboyé l'homme. C'est vraiment pas possible d'être aussi grand et aussi bon élève que toi, et de se montrer aussi naïf. Si tu ne te lèves pas à la minute, espèce d'idiot sans cervelle, je vais vraiment te faire regretter d'être venu au monde!

Avant que Syl ait pu bouger, l'Captain l'a attrapé à la gorge par-derrière avec sa main gauche, et puis il a glissé sa main droite dans sa poche. L'en a ressorti le six-coups.

Il a collé l'canon du pistolet contre la tête de Syl et a dit à l'homme:

– Si tu veux que ce nègre descende du train, y a qu'deux manières de faire. Vous pouvez partir en vous tenant par la main et en faisant des cabrioles, pour ma part je m'en fiche pas mal. Mais, dans ce cas, quèqu'un doit m'rembourser les mille cinq cents dollars américains que les parents d'ce garçon ont volé à son maître. Dans l'aut' cas, vous partirez les pieds devant, et faudra un seau et une serpillière pour ramasser ta cervelle.

Le Noir a levé les mains et commencé à reculer.

– Ne faites rien que vous pourriez regretter…

– Toi, le bamboula, tu la fermes. T'es en train d'dire à un Blanc ce qu'il doit faire? Mais où on est ici?

L'Captain s'est presque mis à chouiner, j'en croyais pas mes oreilles.

– Y a pas un Blanc à qui j'pourrais parler?

L'homme aux beaux habits s'est rapproché doucement d'la porte du wagon et il s'est enfui.

– Non mais, y croyait quoi, çui-là ? a fait l'Captain. Qu'il pouvait s'en aller en embarquant ce nègre, juste pasque ça lui chante ? J'ai jamais reculé devant un nègre en Caroline du Sud, et c'est pas pasque j'ai franchi une frontière que j'vais m'y mettre maintenant, nom d'un chien.

» J'comprends maintenant ce que voulait dire l'shérif de Detroit quand il disait qu'il fallait l'voir pour le croire ! Entendre ce gorille parler avec des mots qu'on dirait sortis d'un livre, c'est comme d'voir une volée d'corbeaux en train d'chanter la messe !

Pauv' Syl. L'avait pas bougé depuis que l'Captain l'avait attrapé par le cou. Il avait les yeux serrés et les mains agrippées à celle du Captain. On aurait dit un p'tit chaton que sa mère a chopé dans sa gueule et qu'elle balade de droite à gauche.

– Jusqu'ici, a repris l'Captain, tu t'en es bien tiré, Little Charlie. Continue comme ça et boucle-la. Y a pas beaucoup d'garçons d'ton âge qu'auraient pu en faire autant. J'sens que tu vas faire un bon contremaître. J'vais...

Le train a eu un à-coup vers l'avant qui m'a plaqué dans mon siège. Je l'entendais déjà commencer à m'appeler par mon nom... Char-lie-Bo-Bo. Char-lie-Bo-Bo. Char-lie-Bo-Bo.

Mais le son s'est arrêté aussi sec et l'train n'a pas continué à avancer.

L'Captain a entraîné Syl vers une des fenêtres du train. Il l'a forcé à passer la tête par la fenêtre et a braqué son arme contre son oreille. Puis, en se plaçant juste derrière lui, il a hurlé :

– C'est quoi, c'truc ? Qu'est-ce que vous foutez là ? Si personne ne parle, j'vous jure que le sang d'ce garçon va gicler sur l'quai.

Un Blanc a pris la parole.

– Le wagon a été détaché du reste du train, monsieur.

– Quoi ? Vous avez intérêt à dire au conducteur qu'il a trois minutes pour le rattacher et nous emmener à Windsor.

– Le train est déjà parti, monsieur.

L'Captain a traité l'Seigneur de tous les noms.

– Je suis le shérif Geoffrey Sudbury, monsieur, a repris l'homme. Je suis persuadé de pouvoir vous tirer de ce mauvais pas et vous aider à rentrer aux États-Unis. Mais, pour que nous puissions discuter, il faut impérativement que vous cessiez d'abord de menacer ce jeune homme avec votre arme.

– Z'êtes le shérif? a demandé l'Captain. Eh ben, faites respecter la loi ! C'garçon est un fuyard et l'est sous ma responsabilité légale. J'exige que vous fassiez l'travail pour lequel Dieu vous a nommé, que vous chassiez cette meute, que vous raccrochiez le wagon et que vous nous laissiez passer !

L'Captain a lâché l'col de Syl pour fouiller dans sa poche et en ressortir sa médaille de chasseur d'esclaves qu'il a brandie sous l'nez de Syl.

– Ça, c'est pour dire que j'suis un représentant légal des États-Unis d'Amérique. Z'avez pas intérêt à m'énerver…

– Monsieur, nous sommes des Canadiens, a répondu l'shérif. Énerver les gens n'est pas dans notre nature. Mais il vous a peut-être échappé que vous n'êtes plus aux États-Unis. En tenant compte de cet élément, si vous souhaitez poursuivre cette conversation, j'insiste pour que vous cessiez de braquer votre arme sur le jeune homme et que vous me la donniez.

– Z'êtes idiot ou quoi ? a dit l'Captain en me désignant du doigt. À peine j'aurai retiré mon arme que ces nègres prendront le train d'assaut et nous réduiront en poussière, mon fils et moi.

Son fils ! *Son fils ?* J'ai failli jurer à voix haute en entendant l'Captain m'faire entrer dans sa famille de cette manière.

– Cher monsieur, a dit l'shérif canadien, si vous ne cessez pas immédiatement de menacer cet enfant, nous ne pourrons pas discuter du tout. Veuillez me donner cette arme.

– Je jure sur une pile de bibles que j'le ferai jamais.

L'Captain a forcé Syl à rentrer la tête à l'intérieur, l'a repris par le cou comme la maman chat, et l'a poussé vers l'allée qui séparait les deux rangées d'sièges. L'appuyait son pistolet si fort cont' l'oreille de Syl que du sang lui coulait le long du visage.

– Écoute-moi bien, Little Charlie Bobo : on est dans l'pétrin mais si tu fais zactement ce que j'te dis, on sera à Detroit à l'heure du dîner et on rigolera bien de not' aventure.

De son arme, il a donné un coup sur la tête de Syl :

– Et toi, tu seras là où tu voulais, dans les bras d'ta p'tite maman, et t'iras ramasser du coton en Caroline du Sud au lieu d'te pavaner au Canada comme si t'étais blanc. Vu la taille que tu fais, t'es un nègre à trois mille dollars ou je m'y connais pas.

À moi, il a dit :

– J'te promets, Little Charlie, si tu fais ce que j'te dis, on va s'en tirer. Tu m'entends ?

– Oui, m'sieur.

Le train a penché d'un coup vers le quai.

– Z'ont rattaché l'train ! j'ai dit.

L'Captain a fermé les yeux une seconde puis il a dit :

– Z'ont rien rattaché du tout. Y a une bande qu'est en train d'monter à l'avant et à l'arrière. Ils vont nous choper par les deux côtés.

Il a soufflé un coup puis il a dit :

– Bon, on y va, les gars. Vous faites zactement ce que j'dis ou bien on va tous crever.

L'a poussé Syl devant lui dans l'allée. Puis l'a fait sortir sur la première marche du marchepied et il s'est glissé derrière lui vite fait. Il a sorti la tête pour jeter un coup d'œil à la foule et l'a rentrée aussitôt. J'imagine que c'était pour que personne puisse lui tirer dessus sans prendre le risque de blesser Syl.

– Suis-moi, Little Charlie.

La foule a reculé mais pas assez pour qu'on entende pas les « Oh ! » et les « Ah ! » quand ils ont compris la situation.

L'Captain s'est mis à hurler pour que tout l'monde l'entende :

– Mon fils est armé lui aussi, et si z'avez pas entendu parler d'moi, z'avez sûrement entendu parler d'lui. Eh oui, c'est bien lui, c'est l'Gosse Bobo. L'a beau être jeune, l'a déjà récupéré seize fuyards à lui tout seul. Et l'en a tué qu'deux.

Faut pas rigoler avec lui. Si vous nous chopez, y en a une douzaine d'entre vous qui nous suivront en enfer.

Au début, j'me suis dit que l'Captain m'faisait entrer dans sa famille pour impressionner les gens, mais après j'ai compris : y faisait ça pour que j'puisse pas lui échapper et que les gens m'prennent pour l'fils du diable en personne au lieu d'me voir pour ce que j'suis, un pauv' innocent.

Avec ces mots, l'Captain venait d'signer mon arrêt d'mort.

– Viens près d'moi, l'Gosse Bobo, mais je t'en supplie, les tue pas tout d'suite !

J'étais fichu.

Le pistolet à la main, j'suis sorti derrière l'Captain et Sylvanus. La foule a refait des « Oh ! » et des « Ah ! ».

– Montre ton flingue, m'a dit l'Captain tout bas.

J'ai pas bougé. Il a sifflé entre ses dents :

– La première balle c'est pour ton p'tit copain et la deuxième pour toi si tu lèves pas ton arme.

J'ai levé mon arme pour que tout l'monde la voie. Encore des « Oh ! » et des « Ah ! ».

On s'déplaçait vraiment lentement tous les trois. On bougeait par saccades et on était tellement collés qu'on aurait dit un vieux d'cent ans avec trois paires de jambes.

Finalement, on est arrivés en bas des marches. L'Captain a poussé Syl sur l'quai avant d'y descendre lui-même.

– Shérif, j'veux trois chevaux que j'laisserai au ferry à Windsor. Si vous m'les donnez pas, c'en est fini d'ce garçon. Z'avez trois minutes, montre en main. J'aime pas qu'on plaisante avec moi.

L'shérif a fait deux pas vers nous, les mains en l'air. Mais, avant qu'il ait pu dire un mot, une vieille femme de couleur toute ridée s'est mise à hurler :

– Oh, Seigneur ! Non, non, non ! C'est pas Dieu possible !

L'a levé la main et pointé un doigt tremblant et crochu dans not' direction.

– J'connais ce monstre ! Je l'connais ! Y s'est fait prop' et tout mais j'reconnais sa voix ! Ça fait neuf ans que j'entends cette voix dans mes rêves, chaque nuit. Z'êtes l'homme de main de m'sieur Tanner, Captain Buck !

Elle s'est approchée, la bouche grande ouverte et tordue. J'pourrais pas vous dire si elle criait ou non, mais c'est pas ça l'important : l'avait un air à vous faire dresser tous les poils du corps comme des épines de porc-épic. Elle tirait sur ses cheveux tellement fort que ses sourcils lui remontaient jusqu'à la moitié du front.

– Vous vous souvenez plus d'moi, Captain ? Hein, m'sieur ?

Son corps et son visage étaient tellement tordus qu'on aurait cru que l'démon s'était emparé d'elle.

– Et ma p'tite fille, vous vous en souvenez ? Z'avez p'têt' même pas connu son nom. Elle s'appelait Rose. Z'entendez ? Rose, c'était son nom. Z'avez oublié ?

Elle a voulu crier l'nom d'la fille encore une fois mais ses mots sont restés bloqués dans sa gorge.

L'Captain s'est tourné pour la regarder.

C'est là qu'les choses ont commencé à vraiment défiler au ralenti, ce qui m'a permis de bien réfléchir à ce que j'faisais.

J'pourrais vous dire que ce qui s'est passé après est arrivé pasque j'y avais beaucoup pensé à l'avance, ou pasque j'attendais l'bon moment pour agir, mais ça serait des mensonges.

En vrai, je l'ai fait à cause de l'homme qui travaillait dans les chemins d'fer. Ses paroles m'sont entrées sous la peau, tellement profond qu'elles ressortiront plus jamais, sauf quand les vers viendront les chercher.

J'étais pas prêt à refaire la même erreur. J'allais pas passer l'restant d'mes jours à regarder dérailler au ralenti le train d'ma vie. J'savais que l'Captain était assez fou pour s'tirer d'ce mauvais pas et nous amener tous jusqu'à Detroit. J'savais que Sylvanus et ses parents s'retrouveraient en esclavage. Et j'savais que ça serait d'ma faute.

J'ai repensé à toutes les leçons d'tir que Pa m'avait données et j'ai ouvert le barillet pour compter l'nombre de balles.

Là, j'ai senti un grand trou dans mon ventre. L'Captain m'faisait pas assez confiance pour m'donner un pistolet chargé. Le barillet était vide.

J'ai repensé à la première fois que j'avais vu l'Captain et comment que je m'étais dit que j'devais bien faire quarante kilos d'plus que lui et que j'pourrais facilement lui exploser la tête d'un coup d'poing. J'ai pas vraiment perdu d'poids depuis. À vrai dire, on mange tellement bien depuis qu'on est à Detroit et au Canada que j'ai même dû prendre quatre ou cinq kilos.

J'ai repensé à Pa et aux cauchemars qu'il avait faits à cause du Captain, après l'avoir vu passer l'chat à une gamine.

Une gamine…

Et là j'ai su que j'préférais mourir plutôt que d'rentrer à Windsor le cœur brisé.

La dernière chose qu'a emporté l'morceau, c'est un mot que l'Captain avait dit l'soir où il s'baignait dans la rivière au clair de lune. C'était rien qu'un mot, mais tout d'un coup il m'a explosé dans la tête comme une chaudière à charbon.

Il m'avait traité d'orphelin.

J'ai balancé l'poing droit aussi fort que j'ai pu en visant l'nez du Captain.

Le temps allait si lentement que je l'ai senti s'écraser sous mes doigts et s'étaler sur ses joues comme un gros bout d'viande. J'ai senti des os craquer sans savoir si c'était les siens ou les miens.

C'était pas ça, l'important. La tête du Captain est partie en arrière, il a lâché Syl et s'est mis à tituber. Syl est tombé à genoux devant l'Captain et a repris sa respiration.

Mais j'avais pas bien calculé la dureté d'la tête du Captain. Je l'avais ébranlé, mais pas du tout mis à terre. Il a relevé les yeux vers moi, on y voyait briller quèque chose qu'était au-delà d'la haine.

– J'aurais dû m'en douter. J'aurais dû t'réserver l'même sort qu'à ta mère. Après tout ce que j'ai fait pour toi…

Il a levé son pistolet et l'a braqué sur moi.

Syl s'est remis debout à temps pour pousser l'bras du Captain vers le haut pendant que çui-ci tirait. La balle m'est passée au-dessus d'la tête en sifflant et a explosé la vitre du train.

Et puis, comme le Captain l'avait prédit, la foule s'est jetée sur nous.

Syl a été entouré par un groupe de gens qui l'ont poussé, tiré, traîné jusqu'à la porte d'la gare par laquelle il a disparu pour toujours.

Le Captain a poussé un cri qui ressemblait à çui d'un cochon qui s'retrouve du mauvais côté d'un couteau d'cuisine.

Et puis, à l'endroit ousque j'me trouvais, se sont rassemblés un paquet d'Noirs parmi les mieux habillés d'la terre. J'ai senti une centaine de mains, noires, marron et même quèques-unes de blanches, qui s'attaquaient à moi et m'attrapaient de tous les côtés.

Et c'est là que ce satané temps a vraiment ralenti, pour m'laisser bien profiter d'mon sort.

Si on m'avait posé la question quèque temps auparavant, j'aurais dit qu'y pouvait rien y avoir de pire que d'se faire démolir par une foule en colère. Mais, ce jour-là, j'ai vite compris qu'en fait c'est pas facile d'démolir quèqu'un à plusieurs.

D'abord, les gens sont trop serrés, les uns sur les autres, et y a pas assez d'place pour mettre un coup d'poing comme il faut. Dès qu'y en a un qui prend son élan pour vous en coller un, son coude cogne çui qui s'trouve derrière et qui essaye justement d'vous arracher les cheveux, c'qui lui fait perdre une grande partie de son efficacité.

Ensuite, j'sais pas si c'est toujours comme ça, mais dans mon cas la foule était trop en colère et énervée pour m'faire vraiment du mal et l'en aurait fait beaucoup plus si seulement elle s'était calmée. Les gens jetaient des coups d'poing et des coups d'pied dans tous les sens et balançaient leurs bâtons, mais ils m'atteignaient environ qu'une fois sur dix.

Par contre, ils en ont fait saigner, des nez ! Et j'sais que c'est pas grâce à moi pasque j'ai pas filé un seul coup dans cette affaire. C'était la dernière chose qui m'serait venue à l'esprit ; j'voulais juste m'rouler en boule dans un coin et qu'on m'fiche la paix.

Même si mes lèvres en ont pris un sacré coup, j'suis ressorti d'là avec toutes mes dents à leur place ; alors que j'ai vu un homme noir perdre une dent d'devant suite à un méchant crochet du gauche qui avait raté sa cible – moi – de plus d'un demi-mètre !

Y a une chose, en revanche, qu'une foule en colère peut faire, et qu'une personne qui vous tabasse, ou même trois, pourra jamais, c'est vous arracher tous vos habits. Ce qui dans mon cas était vraiment une catastrophe vu que c'était les premiers habits neufs que j'aie jamais eus d'ma vie et sans doute les seuls que j'aurai jamais.

Veste, cravate, chemise, caleçons, chaussures, chaussettes, ils m'ont tout arraché, mis en pièces et emporté je ne sais où. Chaque fois que quèqu'un arrivait à m'mettre un coup, il emportait une poignée d'mes beaux habits du dimanche. J'imagine que si j'avais porté des guenilles, z'auraient fait pareil.

Les voies du Seigneur sont vraiment impénétrables. Mais c'est bien pasqu'ils m'ont mis tout nu que j'ai été sauvé. Et aussi grâce à çui que l'Captain avait traité d'gorille en costume. Quand les gens ont fini de m'arracher mes habits, c'est lui qui s'est glissé dans la foule et qui les a empêchés de m'achever.

– Mais ça va pas ? Arrêtez ! Arrêtez tout de suite ! C'est un enfant ! Vous ne voyez pas qu'il n'a pas un poil sur le corps ?

J'ai eu tellement honte d'me retrouver tout nu que, quand un Noir avec de gros bras d'forgeron a pris l'temps de bien viser et d'me coller son poing dans la figure, j'lui en ai été reconnaissant de m'envoyer dans les pommes.

Detroit, une semaine plus tard

J'ai failli crever d'douleur mais j'ai quand même réussi à pousser la lourde porte d'la prison de Detroit. Même si, d'une certaine manière, j'avais aidé Syl à échapper au Captain, il m'restait encore des choses à régler.

L'shérif m'a jeté un p'tit coup d'œil et a aussitôt replongé son nez dans son journal. Keegan a toussé et craché.

– Eh ben, j'vois que j'ai fait erreur, a déclaré l'shérif. J'pensais ben jamais vous revoir.

– Moi non plus, m'sieur, j'pensais pas qu'on s'en sortirait. À peine on a posé l'pied au Canada que ç'a été terrible.

– Vous pourrez pas dire que j'vous avais pas prévenus. Vot' partenaire est dehors ?

L'a posé ses lunettes et m'a regardé pour la première fois.

– Mais qu'est-ce qui a bien pu vous arriver, crénom de nom ? Z'êtes plus un gamin, ça, c'est sûr. On dirait qu'on vous a traîné depuis Toronto jusqu'ici au cul d'un cheval !

– Non, m'sieur, c'est pas ça qui s'est passé, mais j'parie que le résultat doit pas être bien différent.

– Racontez, jeune homme, racontez.

–Vous permettez que je m'asseye, m'sieur? J'ai encore mal partout.

– Assieds-toi, mon garçon, qu'il m'a dit en m'indiquant une chaise. Comment tu t'es retrouvé dans un état pareil?

J'me suis assis doucement mais ça m'a pas beaucoup aidé; j'avais même mal au derrière. Une fois que j'ai repris mon souffle, je lui ai dit:

– On a retrouvé l'garçon dans une ville du nom de Saint Catharines et on l'a embarqué dans l'train. On est arrivés sans problème jusqu'à l'horrible ville de Chatham. Quand l'train s'est arrêté, on a vu une troupe de gens d'couleur les mieux habillés du monde, avec des bâtons et des fusils à la main, qu'ont dit qu'on devait rendre l'garçon. Moi, une fois que j'ai vu la tournure que ça prenait, j'étais tout à fait pour le laisser filer, mais l'Captain voyait les choses différemment, y disait qu'il avait jamais perdu la face devant un nègre en Amérique et que c'était pas pasqu'on était au Canada qu'il allait commencer. C'est un homme de parole, le Captain; il voulait pas reculer devant une foule de deux ou trois cents gens d'couleur en train d'crier. Il les a mis au défi de l'toucher.

– Ah oui? Et alors, y l'ont écouté?

– Quèques-uns, sans doute, pasque quand ils s'sont jetés sur lui, y en avait un bon paquet qui restait sur l'côté à les encourager mais sans y aller eux-mêmes. Mais ceux qui y sont allés, bon sang d'bonsoir! Lui ont pas donné l'occasion d'se raviser, on sentait qu'ils tenaient à relever l'défi. La dernière image que j'ai eu d'lui, l'était par terre, tout nu et plein d'sang, au pied d'une foule de près d'un millier de Noirs avec pas mal de Blancs aussi. Syl... le fuyard qu'on a failli attraper... ils l'ont embarqué.

– Et alors, a demandé l'shérif, comment qu'ça s'fait, vu qu'ils avaient l'intention d'vous éliminer, qu'tu sois encore là ?

Raconter qu'on s'est fait battre au point d'se retrouver tout nu, c'est vraiment trop gênant. Comme disait Pa, « parfois un bon mensonge, ça peut arrondir les angles ».

– J'en sais rien, m'sieur. J'crois ben que j'étais déjà dans les pommes quand z'ont décidé de m'épargner. Quand j'ai repris mes esprits, la première chose que j'ai remarquée, c'est que j'avais mal des pieds à la tête comme jamais d'ma vie. J'savais pas qu'on pouvait même avoir mal aux cils. Et puis, j'ai vu que j'étais assis dans une cellule avec la porte grande ouverte. J'ai jamais été en prison jusqu'ici, mais j'crois savoir qu'en général on laisse plutôt leur porte fermée.

» C'était un peu bizarre comme réveil, du coup, j'suis resté un moment sans bouger, histoire de voir si j'me rappelais comment j'en étais arrivé là. C'est à ce moment-là que l'shérif de Chatham est arrivé et m'a félicité d'être revenu à la vie. J'y ai demandé combien d'temps j'étais resté dans les choux et il m'a dit presque cinq jours. J'y ai demandé c'qui était arrivé au Captain, ç'a eu l'air de l'mettre mal à l'aise et il m'a dit qu'il préférait pas en parler pour l'instant.

L'aut' chose que j'étais pas près d'raconter au shérif de Detroit, c'était la honte que j'avais eue en voyant qu'on m'avait mis une couche, comme à un bébé géant.

– J'ai essayé de m'lever du lit d'camp ousque j'étais allongé, et c'est là que j'ai vu que mon pied gauche l'était tout enveloppé d'bandes et qu'il m'faisait trop mal pour pouvoir marcher. Le shérif de Chatham m'a dit que le p'tit orteil d'mon pied gauche était tellement abîmé que l'docteur avait dû me l'couper. Même que c'était un docteur de couleur qui l'avait fait ! Mais c'est pas si grave que ça. Maintenant, chaque fois que j'irai pieds nus, ça m'rappellera mon père ! Lui, l'avait perdu deux orteils et moi qu'un, mais ça nous fait quand même ça en commun.

» Alors j'me suis rallongé sur le lit d'camp pour voir quelle partie d'moi arrêterait d'me faire mal en premier. Et j'avoue que j'étais à mon aise, allongé comme ça, et qu'ça m'a donné l'occasion d'réfléchir à c'que j'allais faire après.

– Et alors, qu'est-ce t'as décidé ?

Y avait un aut' truc que j'avais pas l'intention d'raconter à ces deux-là. Quand on était à la gare de Chatham, en attendant l'train qui devait m'ramener à Windsor, le shérif canadien m'avait tendu le vieux sac en toile qu'il tenait à la main.

– Merci, m'sieur, j'y avais dit. De quoi qu'il s'agit ?

Il avait eu l'air mal à l'aise à nouveau. Il s'était mis à cligner des yeux comme s'ils étaient pleins d'sel et il m'avait dit :

– Jeune homme, il y a des circonstances dans la vie où les choses ne se passent pas comme on l'aurait souhaité. Le sac contient les restes d'une situation d'ce genre. Prenez le temps de vérifier que tout y est.

Je m'étais accroupi et j'avais posé le sac. À peine je l'avais ouvert qu'une puanteur familière m'était montée au nez. Le chapeau du Captain se trouvait au-dessus. Je l'avais sorti du sac et posé par terre. En dessous, y avait ses beaux habits.

Ou plutôt ce qu'il en restait. Encore en dessous, une botte, une ceinture et une Bible.

Au fond du sac, j'avais entendu sonner l'insigne de chasseur d'esclaves et son six-coups.

J'avais regardé l'shérif. J'savais pas quoi lui dire.

– Je sais maintenant que vous n'avez pas de liens de sang avec lui, mais peut-être pouvez-vous faire en sorte que ces affaires reviennent à sa famille ?

J'étais soulagé que l'shérif m'ait rayé d'la famille du Captain, mais j'avais pas l'intention de m'encombrer avec ses saletés.

– C'est gentil, m'sieur, mais j'les connais pas.

J'avais attrapé l'pistolet par le canon et je l'avais tendu au shérif.

– Vous voulez bien prendre ça ? Je vais jeter l'reste à la poubelle.

– Je veux bien le prendre mais pour m'en débarrasser. Et je m'assurerai que toutes ses affaires soient jetées.

Puis il avait recommencé à cligner des yeux pour dire :

– Les gens d'ici ont beau avoir tendance à s'emporter un peu trop dans certaines circonstances, et à faire preuve d'un enthousiasme excessif, ce ne sont pas des voleurs.

Il avait mis la main dans sa poche et en avait ressorti une enveloppe et l'portefeuille du Captain. Il m'avait tendu l'enveloppe :

– Voici cinquante dollars américains, de quoi couvrir amplement le prix du costume de ce monsieur et de ses bottes.

– Merci beaucoup, m'sieur, mais l'aurait fait rien que porter ces habits jusqu'à ce qu'ils soient raides de crasse. À leur place, j'aurais préféré qu'on abrège ma souffrance plutôt que d'devoir mourir lentement et salement sur l'dos du Captain. Personne ne m'doit rien pour ces habits.

Il avait pas voulu reprendre l'argent et il m'avait tendu l'portefeuille du Captain.

– Nous avons constaté qu'il contenait cinq cent quarante et un dollars. Si vous voulez bien compter pour vous assurer qu'ils y sont…

Mes mains s'étaient mises à trembler quand j'avais ouvert le portefeuille et vu tout l'argent que l'Captain trimballait. J'aurais bien voulu être aussi fort que Syl en calcul pour pouvoir compter les billets comme il faut.

– Faut vraiment que j'les compte, m'sieur, ou j'peux vous faire confiance ?

Il avait souri et m'avait dit :

– Range ça, mon garçon, et fais bien attention à tout.

– Et alors, t'as perdu ta langue ? m'a demandé l'shérif Turner d'une voix forte. Qu'est-ce que t'as décidé ?

J'y ai dit une partie de ce que j'savais devoir faire.

– J'vais ramener les deux esclaves que vous avez gardés en Caroline du Sud, tout seul.

Keegan et lui ont échangé un regard.

– C'est encore bien pire comme idée que d'aller au Canada, j'vais t'dire, a dit l'shérif. T'y arriveras jamais. T'as pas d'partenaire, t'as même pas d'chien. Trimballer un fuyard, déjà, ça serait dur, mais deux ? Po po po, même pour quèqu'un qu'est aussi aguerri que l'Captain l'est… ou l'était, c'est un sacré défi, alors pour toi…

– Qu'est-ce que j'peux faire d'aut', m'sieur ?

– Qu'est-ce tu peux faire d'aut'? Et si tu choisissais d'rester en vie, par exemple ? Et si t'envoyais un télégramme au pays pour leur demander de t'envoyer du renfort ?

– Y a personne pour venir m'aider, m'sieur.

Il m'a tendu la main. J'avais mal dans tous les doigts quand il a lâché la mienne.

– J'espère que t'as apprécié ton bref séjour sur terre, mon garçon, pasqu'y va s'terminer plus tôt que prévu.

– Quel genre de rançon t'espères toucher pour ces deux-là ? a demandé Keegan.

À peine j'y ai donné la réponse que j'ai su que j'aurais pas dû.

– Dans les deux, trois mille dollars.

Keegan a sifflé longuement.

– Ma parole, ça doit permettre de tenir un bon bout d'temps, pas vrai, shérif Turner ? Oui, m'sieur, ça fait d'quoi voir venir…

– T'es sûr que j'peux pas t'en dissuader ? a demandé l'shérif.

– Non, m'sieur, j'peux rien faire d'aut'.

– Encore une fois, j'te l'conseille pas, mais puisque c'est ta décision, allons préparer tes voyageurs.

L'shérif m'a amené dans une cellule ousque la femme se trouvait, en compagnie de quatre aut' filles de couleur et de deux Blanches.

En nous entendant arriver, z'ont toutes levé le nez, l'air inquiet, vers la porte d'la cellule. La seule qu'a pas fait attention à nous, c'était la mère de Syl. L'était accroupie dans un coin, les mains sur l'visage.

Les six aut' femmes ont rebaissé la tête quand elles ont vu qu'on venait pas pour elles.

– Allez, a dit l'shérif, ton carrosse t'attend. Tu vas rentrer chez toi. Debout.

La mère de Syl a pas bougé.

– Allez, femelle, m'oblige pas à rentrer dans la cellule.

La femme s'est levée lentement. Elle s'est approchée d'la porte d'la cellule, m'a bien examiné et a dit :

– C'est pas toi qu'est allé au Canada avec l'Captain ?

J'ai hoché la tête, c'qui était pas une bonne idée pasque ça m'a fait mal au cou et j'ai poussé un p'tit cri.

– Où est mon fils ?

– J'sais pas. La dernière fois que je l'ai vu, une foule nous l'a arraché des mains et l'a emporté.

– Quel genre de foule ?

– Environ un millier d'gens d'couleur avec des fusils et des bâtons, mélangés à une bonne centaine de Blancs pareils.

À ce moment-là, j'dois vous dire que son visage s'est transformé. À la voir, on aurait pas dit que dans une semaine ou deux l'était censée s'faire fouetter jusqu'au sang avant d'retourner travailler dans les champs d'coton toute la sainte journée sous un soleil d'plomb. On aurait plutôt dit que j'venais d'lui promettre de partager la rançon avec elle. Elle a titubé.

Une des femmes de couleur a dit :

– On est tellement heureuses pour toi, ma fille !

Elle l'a prise dans ses bras et l'a serrée très fort, tout en lui disant des choses à voix basse. Elles souriaient de toutes leurs dents.

Le shérif leur a dit d'arrêter, a poussé la mère de Syl hors de la cellule et vers la salle d'attente. Dès qu'elle est sortie, l'shérif s'est tourné vers moi et m'a demandé :

– Où sont tes fers ?

J'y ai montré ceux qu'on avait apportés. Il les a regardés et m'a dit :

– Ça c'est pas bon pour ce que tu as prévu d'faire. Il te faut des fers de voyage. J'en ai que j'peux t'céder pour pas cher.

Il a indiqué un banc à la mère de Syl et lui a dit :

– Assieds-toi là et attends-nous, on revient avec les chaînes.

Il est parti par une aut' porte, m'laissant seul avec la mère de Syl.

– Et mon fils, tu lui as parlé ?

– Oui.

– Comment ça va ? Qu'est-ce qui t'a dit ?

J'ai jeté un coup d'œil par la porte ; le shérif était en train de mettre les fers au père de Syl.

– Bah, j'dois dire que si vous vous ressembliez pas autant, j'aurais jamais cru que c'était vot' fils. Vous, vous parlez normal mais vot' fils, ça fait tellement longtemps qu'il a l'nez dans les livres qu'il a commencé à parler comme eux. Z'auriez honte de voir les airs qu'il s'donne. Et à part les Tanner, j'ai jamais vu d'Blancs aussi bien habillés qu'lui en Caroline du Sud. Vraiment, vous en pleureriez de honte d'voir comment il s'conduit.

C'était pas pour en rajouter, c'était juste la vérité.

Keegan est entré en portant les fers. Avec un grand sourire et des larmes qui coulaient sur son visage noir, la mère de Syl s'est levée et a tendu les mains devant elle comme si elle s'attendait à ce qu'il lui donne une grosse part d'gâteau au chocolat avec un glaçage à la menthe plutôt que d'lui attacher des chaînes.

Keegan l'a regardée d'un air bizarre.

– C'est d'vivre dans l'Nord qui t'a fait perdre la boule comme ça ? T'es tellement folle que t'a oublié c'qui t'attend en Caroline du Sud ? C'est pas un jeu, tu sais.

Elle lui a répondu aussi directement que l'aurait fait n'importe quel homme blanc.

– Écoute-moi bien, si c'était un jeu, j'aurais déjà gagné à neuf contre un.

Il a ri.

– Ah oui, et qu'est-ce t'as gagné ? Tu vas pas tarder à redevenir esclave. T'auras plus rien.

– Qu'est-ce que j'ai gagné ? J'vais te l'dire, m'sieur. J'ai mis au monde deux p'tites jumelles que ni toi, ni cette puanteur de Captain, ni aucun des aut' sauvages que m'sieur Tanner pourra envoyer ne retrouvera jamais, et il aura beau chercher. Et not' Sylvanus ! Not' tout-p'tit ! Que même cette grande andouille de Blanc tout déglingué m'dit qu'il parle comme il faut et qu'il est vêtu comme un prince ! Et qui nous écrit des lettres de sa prop' main ! À en juger par vot' façon d'parler et d'vous habiller, aucun d'vous deux pourra jamais en dire autant.

J'me suis mis à rougir. Mais l'avait pas fini.

Elle a ouvert les doigts d'la main droite qu'elle a collée sous l'nez d'Keegan. En commençant par le pouce, elle s'est mise à compter, en repliant un à un ses doigts dans sa paume.

– Qu'est-ce que j'ai gagné ? J'appartenais aux Tanner, ma mère appartenait aux Tanner, sa mère appartenait aux Tanner, la mère de sa mère appartenait aux Tanner et la mère d'la mère de sa mère aussi.

Maintenant qu'elle avait compté toutes ses mères et ses grand-mères, sa main était refermée. Tout d'un coup, elle a rouvert son poing comme si l'était plein de quèque chose, du sable par exemple. Et puis elle a soufflé dans sa main et tout s'est envolé.

– Mais tout ça, c'est terminé ! Mes filles appartiennent plus à personne, elles sont libres ! Sylvanus est libre ! Alors oui, les Tanner peuvent bien nous récupérer maintenant, Chester et moi, mais tu verras si on retourne une seule minute aux champs.

» Chester le sait bien, et moi aussi, et les Tanner aussi, quel sort nous attend. Mais ils peuvent nous faire mourir à p'tit feu, z'arriveront jamais à récupérer ces neuf ans et demi qu'on a vécu en liberté. Rien, pas une seconde ils récupéreront.

» Qu'est-ce que j'ai gagné ? J'irai vers ma mort en sachant que mes enfants sont libres, et en plus j'vais retourner au pays. Voilà c'que j'ai gagné.

» Mes filles sont à Buxton. *À Buxton !* Tu sais c'que ça veut dire ? Ça veut dire que t'aurais plus vite fait d'te rendre en enfer pour voler une côte de porc à la table du diable que d'essayer d'ramener mes gamines chez les Tanner.

Le shérif a débarqué.

– Keegan, pourquoi tu l'excites comme ça ? Allez, on les ferre comme il faut et on les embarque.

Le shérif m'a entraîné vers une troisième porte dans la salle d'attente. Y avait une grande caisse posée cont' le mur.

– Mais m'sieur, j'ai déjà des fers. J'vois pas pourquoi j'devrais en racheter.

– Écoute-moi bien, mon garçon. Une fois que tu seras dans les bois avec ces négros, qu'est-ce qui va bien pouvoir empêcher le mâle de t'sauter dessus et de t'écorcher vif ?

– J'suis armé, m'sieur.

– Et alors, qu'est-ce ça peut faire ? J'te préviens, y t'sauteront sur l'poil à la première occasion. Et avec ces p'tites menottes, l'aura juste l'outil parfait pour t'étrangler. La seule solution pour éviter ça, c'est des fers comme ça.

Il a traîné la grosse caisse en bois jusque dans la salle d'attente.

J'ai pas mis longtemps à voir la différence entre les fers que j'avais avec moi et ceux que l'shérif voulait que j'prenne. C'est la même différence qu'entre un veau d'deux jours tout chétif et un taureau d'foire d'une tonne. Y en a un qu'est tout maigre et fluet, et l'aut' tout en os et en muscles épais. P'têt' qu'au bout d'vingt ans, s'ils sont bien nourris, mes fers feront la moitié d'la taille de ceux du shérif, et encore. Les siens, c'est du sérieux.

Y avait aussi une grosse barre de fer d'un mètre vingt de long, avec un U soudé aux deux bouts. Chaque U était percé de deux trous. La barre devait peser dans les trente kilos.

Au fond d'la caisse, y avait des écrous et des boulons en fer, et des dizaines de mètres de grosse chaîne bien lourde.

– Keegan, a dit l'shérif, mets cette caisse dans la charrette. Dès que t'es prêt, mon garçon, on ira chez l'forgeron pour qu'il nous ferre correctement ces négros.

On a pas mis longtemps pour arriver chez l'forgeron.

– Bonjour, Dale, a dit l'shérif. Je t'apporte des fers à mettre à des fuyards.

– Bonjour, messieurs, a dit l'forgeron. Combien faut-il en attacher ?

– Juste ces deux-là, Dale, merci.

– Ce garçon les ramène en Caroline du Sud tout seul, a ajouté l'shérif avec un p'tit sourire.

Le forgeron m'a jeté un drôle de regard :

– C'est vrai ?

– Son partenaire a été mis à la retraite au Canada.

– Je vois. J'vais faire c'que j'peux. Amenez-les dans l'fond.

On a poussé les parents de Syl dans l'arrière-boutique du forgeron. L'odeur qu'il y avait là-dedans m'a fait penser au pays.

Une fois que l'forgeron en a terminé avec eux, c'était quèque chose à voir. L'avait pris la barre d'un mètre vingt et passé le U qui s'trouvait à un bout autour d'la nuque du père de Syl. Ensuite, l'avait placé l'autre U sur le cou d'la mère. Puis l'avait passé une chaîne dans les trous d'chaque U.

Puis, l'avait pris de gros cavaliers en fer et les avait cloués pour être sûr que les parents d'Syl pourraient pas s'débiner.

Après ça, il leur avait retiré les menottes légères du Captain et leur avait mis les grosses du shérif. Et au lieu d'les visser avec des boulons, il les avait clouées avec d'aut' gros cavaliers.

Tout ça avait l'air vraiment pas confortable.

Une fois que l'forgeron a terminé, l'est sorti d'la boutique avec le shérif.

– Tu sais c'que l'partenaire du shérif te réserve, non? m'a demandé le père de Syl.

– De quoi vous parlez?

– Quand t'es allé chercher les fers, il a dit au shérif qu'il laisserait pas trois mille dollars lui filer entre les doigts sans tout faire pour les rattraper. L'a prévu d'te tendre une embuscade sur la route.

La mère de Syl en a rajouté une couche:

– Qu'est-ce tu crois, mon grand? Tu vois pas que d'te balader avec nous, c'est comme brandir sous l'nez de tous les bandits qu'tu croiseras entre ici et la Caroline du Sud une pancarte qui dirait: «La seule chose qui vous empêche d'empocher trois mille dollars, c'est ce grand benêt d'paysan que voici!» Tu vois pas les loups qui t'attendent au coin du bois? T'entends pas les gens aiguiser leurs couteaux?

J'ai commencé à avoir sérieusement mal au ventre quand l'père de Syl a ajouté:

– L'shérif a dit à Keegan qu'il pouvait rien faire tant qu'on serait dans l'district de Wayne. L'a dit qu'il voulait pas devoir faire un rapport si on retrouvait un corps dans sa circonscription.

– Pourquoi vous m'dites tout ça ?

– On aurait du mal à s'débarrasser d'Keegan, a dit la mère de Syl. Alors que toi... (Elle a ri.) J'vais t'faire changer d'avis avant même qu'on ait quitté l'État du Michigan. J'ai lu dans ton cœur et j'sais que tu vas pas l'faire.

J'avais l'visage en feu. Le shérif est revenu et m'a dit :

– Écoute, mon garçon. T'as une chance sur cent mille de traverser Detroit sain et sauf avec eux, alors j'te propose la chose suivante : tu m'rembourses le temps passé et les fers, et j'vous accompagne jusqu'à la sortie d'la ville.

Mon septième sens me démangeait à mort.

Le shérif a donné du mou dans la chaîne pour que les parents d'Syl puissent suivre à trois mètres derrière les chevaux.

Si l'shérif avait pas été là, j'crois qu'on aurait même pas été au bout d'la première rue. Y avait des gens d'couleur et même des Blancs qui nous lançaient des regards à vous donner la chair de poule. À un moment, l'shérif leur a dit :

– Bougez d'là, ça vous concerne pas.

Une autre fois, il a brandi son arme et dit :

– Cherchez pas : tout est en ordre, les papiers sont en règle. Y a personne en train d'se faire enlever, ici.

Les immeubles géants se sont transformés en maisons en brique puis en maisons de bois de plus en plus clairsemées ; quand les dernières rues ont disparu, j'avais le ventre tout noué.

J'ai failli vomir quand l'shérif a dit :

– Bon, mon garçon, t'as plus qu'à aller tout droit sur ce chemin pendant environ deux kilomètres. Tu vas arriver à une ville du nom de River Rouge. Là, tu vas retomber sur le fleuve Detroit, que tu suis plein sud.

Et puis il a secoué la tête :

– Bonne chance. Tu pourras pas dire que je t'avais pas prévenu...

Il est reparti vers le nord, et j'ai poursuivi vers le sud avec les parents d'Syl.

Désormais, le moindre arbre, la moindre herbe, le moindre caillou m'paraissaient assez gros pour que Keegan se cache derrière. J'tenais l'pistolet de Pa bien serré dans ma main. J'étais soulagé de pas avoir eu à m'en servir cont' le shérif.

Sans se retourner

J'savais pas trop d'quel côté aller, mais une chose était claire, j'allais pas prendre l'chemin que m'avait indiqué l'shérif. Dès qu'il a disparu sur la route du nord, j'ai pris carrément vers l'est, à travers bois, là où j'pensais que devait s'trouver la rivière. Suivre le cours d'la rivière prendrait nettement plus longtemps, mais c'était la seule façon d'être sûr qu'on allait dans la bonne direction. Et en plus, j'risquais pas d'tomber sur Keegan derrière le prochain buisson.

Même si j'savais en mon âme et conscience que j'devais les laisser partir, j'continuais à avoir des doutes. On m'a toujours dit qu'les gens d'couleur sont pas comme nous, qu'ils ressentent pas les choses comme les Blancs, qu'ils aiment pas leurs enfants pareil, qu'ils aiment rien que travailler comme des brutes et dormir. On m'a toujours dit qu'ils avaient même pas d'âme.

Que tout ça soit rien qu'des mensonges, je l'ai compris quand j'ai vu comment Syl en pinçait pour la jolie fille. La seule créature au monde chez qui j'ai déjà vu ce genre de comportement, c'est l'être humain. Et j'ai beau pas avoir étudié beaucoup la Bible, j'crois ben qu'il y est dit quèque part que tous les humains ont une âme.

Ni Keegan, ni l'shérif de Detroit, ni les aut' allaient m'empêcher d'faire c'que j'avais à faire.

On a senti l'odeur de l'eau bien avant d'arriver au sommet de la colline. De là, on voyait la rivière à environ sept cents mètres. Y avait un homme de couleur assis sur la rive. L'avait deux cannes à pêche dans l'eau. J'ai dit aux parents d'Syl :

– J'vais vous enchaîner à cet arbre et aller parler à l'homme en bas. Vous savez que vous pourrez pas aller bien loin avec ces fers, alors soyez patients et attendez-moi.

J'ai attaché la chaîne à l'arbre et j'les ai laissés. J'espérais qu'ils allaient pas s'enfuir avec ces fers énormes autour du cou.

J'me suis approché de l'homme. Une barque était remontée sur la berge près de lui.

– Pardon, m'sieur, c'est bien la rivière Detroit ?

L'a pas quitté sa canne à pêche des yeux.

– C'est bien ça.

– Ça mord ?

– Pas trop mal. Avec l'hiver froid qu'on a eu, y a beaucoup de perches.

– Vous pêchez à quoi ?

– À l'asticot et au vairon.

J'y ai montré l'aut' côté d'la rivière.

– C'est l'Canada là-bas ?

– C'est ça.

– Z'y êtes déjà allé ?

– Très souvent. Mais j'suis jamais allé bien loin. J'aime autant pêcher ici.

– Pourquoi vous vous servez pas d'la barque ?

– J'suis plus à l'aise sur terre pour pêcher. J'habite trois kilomètres plus bas, et à cette saison y a plus de poisson ici que chez moi.

– C'est quoi l'meilleur moyen pour aller au Canada ?

À ce moment-là, il a levé les yeux et m'a regardé.

– Bon sang, tu t'es fait drôlement arranger à c'que j'vois !

– Oui, m'sieur, y a une foule qui m'est tombée dessus.

– T'avais voulu tenter ta chance au Canada, c'est ça ?

– P'têt' ben, m'sieur.

– Y a un ferry qui part de Detroit et un autre du nord d'la ville.

– C'est loin ?

– Detroit ?

– Oui, m'sieur.

– À cheval, environ une heure. Et quel beau cheval, crénom de nom !

– Merci, m'sieur. Y a-t-y un forgeron entre ici et là-bas ?

– Oui, tu trouveras l'atelier de Caleb Casement à environ une demi-heure d'ici.

– Merci, m'sieur.

– Je t'en prie, mon garçon.

Il m'a tendu sa main droite. On s'est serré la main et il a dit :

– Je m'appelle Johnny Norak. Il me reste des biscuits si t'as faim.

– Moi, c'est Charlie Bobo. Non merci, m'sieur. Faut que j'retourne à Detroit.

– Fais bon voyage, mon garçon.

– Merci, m'sieur.

J'ai fait faire demi-tour à Spangler pour rejoindre l'arbre où les parents d'Syl étaient attachés. Mais, avant d'repartir, j'ai encore posé une question à l'homme :

– M'sieur, vot' bateau y peut y aller, au Canada ?

– Il y est allé souvent. Pourquoi tu m'demandes ça ?

– Comme ça.

– Fais bien attention à toi, mon garçon.

– Vous croyez qu'il pourrait transporter trois personnes à la fois ?

Cette fois-ci, il m'a regardé pendant un long moment avant d'me répondre.

– Bien sûr. Sans problème.

– Vous allez rester là encore un moment ?

Il a souri.

– Écoute mon garçon, la rivière est pleine de poissons et j'vais faire d'mon mieux pour la vider. Ça risque de prendre un bout d'temps. Vaque à tes affaires ; moi, j'serai là. Et si tu m'rates aujourd'hui, tu m'retrouveras demain.

Les parents d'Syl s'trouvaient là où j'les avais laissés, allongés de manière à faire reposer le poids d'la barre en fer et des chaînes sur le sol.

J'ai pensé à la deveine des Bobo et j'me suis dit que j'avais beau essayer d'tout prévoir, y avait d'grandes chances pour que les choses tournent mal pour moi.

Le père de Syl était capable d'nous soulever, moi et Spangler, et d'nous envoyer valdinguer dans la rivière. Et si, sur l'chemin du forgeron, il décidait d'attraper une pierre et de m'éclater la tête avec ?

Non seulement ils seraient pas libres, mais en plus ma vie serait largement foutue.

En m'approchant, j'leur ai dit :

– Écoutez-moi. J'sais que vous attendez qu'une seule chose, c'est d'me faire la peau. J'vous en supplie, attendez encore une heure ou deux avant d'faire quoi que ce soit. J'vous jure sur la tombe de mon père que j'veux vous rendre vot' liberté, mais faut qu'vous m'donniez encore un tout p'tit peu d'temps.

Ils se sont regardés et puis se sont relevés, avec difficulté.

– Tu veux faire quoi, t'as dit ? a demandé la mère de Syl.

– Y paraît qu'y a un forgeron pas loin d'ici. P'têt' que j'peux lui donner de l'argent pour qu'il vous retire vos chaînes. Attendez qu'on soit arrivés là-bas pour faire quoi que ce soit, d'accord ? Vous m'donnez vot' parole ?

– De toute façon, on a pas l'choix, non ?

– J'pourrais vous laisser partir maintenant, mais si vous jurez de pas m'faire de mal, j'vais tout faire pour vous débarrasser d'ces chaînes.

– Tu as ma parole, a dit l'père de Syl.

J'savais que la mère était tout aussi capable de m'éclater la tête avec une pierre, alors j'ai demandé :

– Et vous, m'dame ?

– J'te donne ma parole.

– Moi aussi, j'vous donne ma parole, et la parole d'un Bobo a pas de prix.

Ils se sont regardés et la mère de Syl a demandé :

– C'est quoi, un Bobo ?

J'me suis pas détendu avant d'entendre résonner l'marteau du forgeron un peu plus loin sur la route. Les parents d'Syl l'ont entendu, eux aussi. C'était la première fois que j'les voyais sourire.

Quand on est arrivés chez l'forgeron, y avait deux gamins en train d'jouer devant l'atelier. En nous voyant, ils ont détalé à toute vitesse en criant :

– Papa ! Papa ! Viens vite !

Le bruit du marteau s'est arrêté et l'forgeron a débarqué pour voir pourquoi ses enfants faisaient un tel raffut. Les enfants sont allés s'cacher derrière lui et m'ont lancé des mauvais regards.

Dès qu'il a vu les parents d'Syl, l'maréchal a craché devant Spangler et a dit :

– Compte pas sur moi pour enchaîner un être humain, espèce de pourriture. Déguerpis de chez moi à l'instant, ou tu vas voir.

Faut pas rigoler avec les forgerons ; à force d'respirer des charbons ardents et d'taper sur une enclume toute la sainte journée, z'ont tendance à pas être les gens les mieux lunés d'la terre. En plus, forts comme ils sont, mieux vaut pas prendre le risque de s'les mettre à dos. Avec ou sans marteau.

J'ai levé les mains en l'air :

– M'sieur, je cherche à enchaîner personne. J'voulais juste savoir combien ça m'coûterait d'leur faire retirer leurs fers ?

La mère de Syl m'regardait d'un air suspicieux.

– Tu t'moques de moi ? a demandé l'forgeron.

– Non, m'sieur. J'veux pas ramener ces gens en esclavage.

– Ça te coûtera rien, alors. Je serai très heureux de pouvoir les libérer.

J'me suis retourné vers les parents d'Syl. Sa mère avait mis sa main sur sa bouche. Elle a glissé à son mari :

– Chester, quand on sera libres, promets-moi de rien lui faire.

Il a fallu une bonne heure d'travail au forgeron pour retirer les fers des parents d'Syl. Ils se sont frotté les poignets et les chevilles. Leurs épaules étaient déjà à vif et saignaient. J'ai eu vraiment honte d'voir les dégâts qu'avaient fait les fers en seulement trois ou quatre heures de temps.

J'ai dit au forgeron :

– M'sieur, j'veux pas repasser par Detroit. Si l'shérif nous voit, il les attrapera pour les ramener lui-même. Y avait un homme qui pêchait plus haut sur la rivière ; il m'a dit qu'il pouvait aller jusqu'au Canada avec sa barque.

Le forgeron a souri.

– Norak ? C'est un passeur. Il les emmènera sans problème. Tu vas vouloir y aller, toi aussi ?

– Non, m'sieur, j'ai eu mon compte avec le Canada. Z'ont

des jolis parcs mais les gens sont un peu bizarres et trop nerveux à mon goût.

– Bon, on va d'abord nourrir tout ce petit monde et puis on ira voir Norak, a dit l'forgeron.

J'étais pas trop à l'aise pendant l'déjeuner avec la famille du forgeron et les parents d'Syl.

Quand on a terminé, l'forgeron a attelé une charrette pour descendre les parents d'Syl jusqu'à la rivière, et j'les ai suivis sur Spangler. Pendant l'trajet, l'forgeron avait son fusil deux-coups sur les genoux.

– T'es trop tendre pour ce genre de commerce, mon gars, m'a dit la mère de Syl. J'dis pas que tu pourrais pas t'endurcir, mais tu seras jamais un vrai dur. T'as pas encore tué la part humaine en toi. Et vu l'temps que t'as passé avec Captain Buck, ça veut dire que t'as un bon fond.

J'étais très soulagé d'arriver au bord de l'eau et d'voir monsieur Norak. Il a souri :

– Je m'disais bien que toutes ces questions cachaient quelque chose, mon garçon. Allez, on va ramener ces gens chez eux.

Les parents d'Syl ont remercié l'forgeron.

J'ai compté dix billets de dix dollars dans mon portefeuille et j'les ai tendus à la mère de Syl. Elle les a regardés un moment, puis elle a dit :

– Merci, Little Charlie. C'est bien c'que tu fais.

J'aurais voulu lui dire plein d'choses, mais quand c'est vous qu'avez mis des chaînes au cou d'quèqu'un pour le ramener en esclavage, y a peu d'chance que vos escuses fassent mouche. J'ai quand même essayé :

– M'dame, m'sieur, j'ai vraiment très honte de c'que j'ai fait.

– C'est grâce à toi qu'on retrouve la liberté une seconde fois, a dit la mère. Alors t'en veux pas trop, mon garçon.

– Y a un shérif à Chatham du nom de Sudbury ; il saura vous dire ousqu'est Syl.

Ils m'ont remercié tous les deux.

Y sont montés dans la barque. Norak le passeur a installé les rames dans les dames de nage et il a dit :

– Je suis plus tout jeune ; ça va nous prendre un peu d'temps. Y a un sacré courant contraire.

Les parents d'Syl nous tournaient l'dos, ils se tenaient par la taille. On les a suivis du regard jusqu'à ce qu'ils arrivent sur l'aut' rive. J'passerai le restant d'mes jours à m'demander si tout s'est bien passé là-bas.

– T'as quel âge, mon garçon ? m'a demandé l'forgeron pendant qu'on regardait.

– J'aurai treize ans en septembre, m'sieur.

– Et tu vas retourner en Caroline du Sud ?

– J'sais pas, m'sieur. Faut que j'réfléchisse. J'ai pas vraiment d'raison d'y retourner. On a plus d'terre, mes parents sont morts et ma chienne doit plus être là non plus. C'est la meilleure chienne de chasse de tout l'canton, j'parie que quèqu'un l'aura récupérée. En plus, j'sais pas trop comment m'sieur Tanner va apprécier l'affaire. Et j'tiens pas à prendre le risque d'être fouetté ni pendu. Ni de m'faire passer l'chat.

– Si tu veux, tu peux rester un moment avec nous…

– Merci, m'sieur. Ça m'va droit au cœur. Et j'peux vous payer si vous voulez…

– Garde ton argent. Je gagne ma vie. En plus, on dirait bien à te voir que le travail ne te fait pas peur.

– Non, m'sieur. Une fois j'ai labouré tout un champ avec deux mules pendant douze heures d'temps. Et j'ai que douze ans !

La barque est arrivée de l'aut' côté. On a vu les parents d'Syl en descendre après avoir serré la main du passeur. Il leur a indiqué la direction du sud.

Les parents d'Syl ont pris la route qui longeait la berge et ont disparu au Canada, sans s'retourner.

À leur place, j'me serais pas retourné non plus.

Épilogue

Gare de Buxton, Ontario, Canada
25 septembre 1858

Le train émit un long sifflement avant de s'immobiliser.

Le conducteur abaissa le marchepied sur le quai de la gare de Buxton ; deux silhouettes, un homme et une femme, apparurent à la portière du train, accrochées l'une à l'autre, l'air d'hésiter avant de franchir cette ultime étape.

Ils jetaient de rapides regards apeurés autour d'eux. On aurait dit des cerfs dans une forêt, prêts à s'enfuir à la moindre alerte. Chaque mouvement sur le quai de la gare attirait leurs regards à l'unisson.

Ils descendirent sur le quai d'un même pas.

« En voiture ! » cria le conducteur, et le train se remit en branle lentement.

Le couple s'abrita sous la verrière qui se trouvait à l'extrémité du quai. Ils attendirent sans mot dire, l'air un peu désorientés.

Cinq minutes plus tard, un groupe de six personnes ouvrit précipitamment la porte de la gare et débarqua sur le quai, manifestement en retard.

Une petite fille tenant à la main une poupée de chiffon marron précédait un grand jeune homme et deux adultes, un homme et une femme, portant chacun un enfant dans les bras. Deux filles. Des jumelles.

L'homme et la femme déposèrent les petites filles à terre et leur indiquèrent le couple abrité sous la verrière.

Les jumelles se mirent à courir à toutes jambes le long du quai en hurlant : « Maman ! » Le grand garçon fondit en larmes et leur emboîta le pas. Le couple sous la verrière saisit les trois enfants et les serra fort dans ses bras.

La petite fille à la poupée de chiffon se dirigea en souriant vers la famille. Une fois que tous les regards furent enfin posés sur elle, elle déclara, d'une voix forte et claire :

– Bonjour, je m'appelle Emma Collins. Je suis la première petite fille née libre à Buxton. Et maintenant, vous aussi vous êtes libres.

Puis, en tendant sa main droite et dans un sourire :

– Venez. Nous vous attendions.

Remerciements

Un grand merci à tou.te.s celles et ceux qui ont relu mon manuscrit et m'ont prodigué des conseils : Dr. Rose Casement, Habon Curtis, Cydney Curtis, Rian Cocchetto, Jay Kramer et Charlette White.

D'énormes remerciements à deux autrices-lectrices, Angela Corinne Brown et Janet Brown, qui m'ont soutenu et encouragé dès mes premiers pas d'écrivain. En 1994, les deux sœurs se trouvaient dans le seul et unique atelier d'écriture auquel j'aie jamais participé. De collègues, elles sont devenues également de grandes amies. L'expérience d'Angela dans le domaine de la critique littéraire, et la perspective de Janet, bibliothécaire à la Windsor Public Library, m'ont beaucoup apporté au cours de l'écriture de *La longue route de Little Charlie*. Grâce à elles, je suis devenu un bien meilleur écrivain.

Merci au professeur Richard J. Blackett de l'université de Vanderbilt et à Chris Tomlinson pour leur expertise.

Et toute ma reconnaissance à mes nombreuses amies au sein de Scholastic qui ont rendu ce livre possible, notamment à Joy Simpkins, Megan Peace, Deimosa Webber-Bey, Elizabeth Parisi et tout particulièrement à mes éditrices, Andrea Davis Pinkney et Anamika Bhatnagar.

Cet ouvrage a été achevé d'imprimer
sur Roto-Page
par l'Imprimerie Floch à Mayenne
en novembre 2020

N° d'impression : 97187
Imprimé en France